虹《にじ》

6

北日本新聞社編

虹《にじ》6【もくじ】

1 味と魂《たましい》 生き残った
鬼《おに》と呼ばれた料理人 …… 6
2 待っている人がいる
幻《まぼろし》の詩人の第1詩集復刊 …… 16
3 バレエで生きていく
舞台《ぶたい》の上の母と息子 …… 26
4 街と若者をつなぐ
20歳《さい》のシェアハウス …… 36

5 夢あるサクラマス
歴史つなぐ海洋科 …… 46

6 世界と向かい合う
カレーに導かれて …… 56

7 時を超《こ》え愛される文字
手書きテロップ テレビから消えても …… 66

8 2人で目指す42・195キロ
ブラインドマラソンへの挑戦《ちょうせん》 …… 76

9 「夢の箱」を目指して
3代目ガラス作家 …… 86

10 生きづらさ包《つつ》み込《こ》む
誰《だれ》も排除《はいじょ》しない「ひとのま」 …… 96

11 悩《なや》みを抱《かか》え込《こ》まない
認知症《にんちしょう》の人と家族の集《つど》い …… 106

12 消えないジャズの灯火《ともしび》
夫から妻へ 受《う》け継《つ》がれた店 …… 116

13 新しい風《かぜ》吹《ふ》かせる古書店
誰《だれ》かを応援《おうえん》できる場所に …… 126

14 心開いて 話を聞かせて
遺児《いじ》のグリーフサポート …… 136

15 滑《すべ》りたい 伝えたい
ショートトラック再挑戦《さいちょうせん》 …… 146

16 回り道があってこそ
絵筆を握《にぎ》る強い意志 …… 156

17　恵《めぐ》みの山で生きる
大長谷《おおながたに》の若いハンター……166
18　少年の成長を撮《と》る
アンプティサッカーと写真家……176
19　ＮＢＡへ夢の続き
プロ選手から指導者に……186
20　音楽も寺もどちらも
ピアノの先生は僧侶《そうりょ》……196
こころの懸《か》け橋　虹《にじ》のアルバム……206
あとがき……214

靴《くつ》紐《ひも》をきつく結んで

1

味と魂《たましい》生き残った

鬼《おに》と呼ばれた料理人

卵を三つも使ったふんわりとしたオムライス、複雑で奥行《おくゆ》きのある味わいのカレーライス、エスカルゴバターを利《き》かせたバイ貝のオーブン焼き。鼻を皿に近付ければ食欲がたぎる。一口料理を放《ほう》り込《こ》めば濃厚《のうこう》なうまみが一気に広がる。座席数が20席に満たない小さな店内で提供される洋食は食べた人を幸せにした。レストランの名前は「まうんてん」。大通り沿いや繁華街《はんかがい》の真ん中にあるわけではなかった。黒部市田家野《くろべしたいえの》の山里にある静かな住宅街で営まれていた。木の温《ぬく》もりあふれる店内に掲《かか》げられた黒板の品書きはどれも魅惑的《みわくてき》だった。食べた人の心を一度でつかんだ。ここでしか食べられない味を求め、名古屋から足を運ぶ人もいた。

厨房《ちゅうぼう》に立って包丁を握《にぎ》っていたのは白い口ひげを生やし、バンダナを頭に巻いた料理人、住吉清一《すみよしせいいち》さんだった。自宅を増築し、2006年から10年近く店を切り盛りした。口の悪い客に「なんでこんなところで?」と尋《たず》ねられるとこう答えた。「だから手を抜《ぬ》けない。一度来たら覚えてもらって、また来てもらわないと」

その言葉通り、住吉さんはうまいものを作るためなら、手間を惜《お》しまなかった。トマトソースを作るなら、生産者を訪ねて栽培法《さいばいほう》を確かめた。肉の種類や調理の仕方に合わせ、何種類もの塩を使い分けた。

常連客にこっそり提供される〝裏メニュー〟があった。自ら薫製《くんせい》した分厚い豚《ぶた》バラ肉の塩漬《しおづ》けに、硬《かた》すぎず軟《やわ》らかすぎない目玉焼きを組み合わせたベーコンエッグだった。どこの家庭でも出されるようなありふれた料理であっても、住吉さんの手にかかればごちそうになった。

でも、もう住吉さんの料理を食べることはできない。15年にステージ4の食道がんと診断《しんだん》され、闘病《とうびょう》のため店を閉じた。その1年後、住吉さんは65歳《さい》で旅立った。閉店から2年経《た》った今も予約の問い合わせの電話が相次いでいる。

一番のファンは家族だったかもしれない。妻の美枝子《みえこ》さん（67）は「どれがおいしいかっていうと、カレーもオムライスも。ハンバーグも一番だった。今も孫と食べたいねって言っている。でも、再現しようとしても同じようには作れないの」と話す。

＊

住吉さんは魚津《うおづ》工業高校を卒業後、電力会社や自動車整備会社を経て料理の道に入った。口数が少ないタイプだった。弟で陶芸家《とうげいか》の紀与志《きよし》さん（63）＝滑川市田林《なめりかわしたばやし》＝も兄が料理人になった理由を直接聞いたことはない。「ただの勤め人じゃなくて自分らしい生き方を探していたんでしょう。8時間だけの仕事じゃなくて24時間をささげられるような」。異なるジャンルであっても、ものづくりにかかわる兄弟だから通じ合う部分があった。

京都で人気の老舗《しにせ》カレー専門店が住吉さんの料理人としての出発点になった。カレー専門店といっても肉や魚のフルコースも扱《あつか》う落ち着いた雰囲気《ふんいき》の店だった。そこからいくつかの店で腕《うで》を磨《みが》いて富山に戻《もど》ってきた。

40年近く前には、富山市総曲輪《とやましそうがわ》の洋食店のセカンドシェフを務めた。料理長は、ドイツで開かれた世界料理オリンピックで金メダルを取った中尾甚平《なかおじんべ》さん（79）＝富山市婦中町道場《ふちゅうまちどうじょう》＝だった。「僕《ぼく》は口が悪いから言いたいことは言う方なんだけど、彼《かれ》に何か言ったとしてもひと言くらい。本当に真面目で才能ある人でしたよ」と振《ふ》り返《かえ》る。当時の店をお互《たが》いに辞《や》めた後も交流は続いた。「『中尾さんだと緊張《きんちょう》しちゃうな』って言いながら料理を出してくれるんだけどね。ソースを一口なめたら、すぐに分かりましたよ。丁寧《ていねい》な仕事をしている。勉強を続けているって」

＊

県内の飲食業界を渡《わた》り歩《ある》く中で、料理人としての住吉さんはよく知られる存在になった。作る料理は間違《まちが》いなくおいしい。ただコストの計算が上手な商売人ではなかった。味への強いこだわりから、採算を度外視した材料を使うこともあり、経営者やほかのスタッフと衝突《しょうとつ》することもあった。

厳しい態度を取ったのは部下に対しても。寡黙《かもく》で手取り足取り教えるタイプではない。味を追求するあまり、理不尽《りふじん》にも思える理由で怒鳴《どな》ることもあった。「新川《にいかわ》に鬼《おに》がいる」と言われるほどだった。

約30年前に初めて滑川で自分の店を構えた時にも、せっかく育てた若いスタッフが次々と辞《や》めた。焼き肉店で総料理長を務める吉本真裕輝《よしもとまさゆき》さん（50）＝魚津市六郎丸《うおづしろくろうまる》＝もその一人だった。1カ月もたたずに逃《に》げ出《だ》すように辞める従業員がいるなか、吉本さんは2年間耐《た》えた。「レシピ通りに作っているのに怒《おこ》られるんですよ。カレーの下ごしらえで『タマネギ5キロ』と書いてあっても、今日のタマネギと明日のタマネギでは違《ちが》うと怒られる」と振《ふ》り返《かえ》る。

吉本さんは理想を純粋《じゅんすい》に追求する住吉さんの生きざまに憧《あこが》れた。店を辞めた後にも関わらず、吉本さんの結婚式《けっこんしき》の仲人《なこうど》を住吉さんに頼《たの》んだ。「厨房《ちゅうぼう》から一歩出たら優《やさ》しい人だったんです」と言う。

＊

富山市八尾町大長谷地区《やつおまちおおながたに》で地場の食材を使ってイタリアンを提供するシェフ、村上《むらかみ》恵美《めぐみ》さん（41）も住吉さんの料理と人柄《ひとがら》にほれ込《こ》んだ。住吉さんが滑川の店を畳《たた》んだ後に、料理長として勤めた冠婚葬祭《かんこんそうさい》関連の会社で出会った。上司部下の関係を超《こ》えて、弟子《でし》入りを志願した村上さんに住吉さんはこう言った。「お前を一からたたき直す。俺《おれ》も原点に戻《もど》るから」。通常業務の後、毎日のように新しい料理を教えてくれた。厳しい指導に涙《なみだ》を流したこともあったが、必死に真剣《しんけん》な思いに応えた。

村上さんの店で一番人気のメニューは、手作りのフキノトウ味噌《みそ》を載《の》せたピザ。住吉さんと一緒《いっしょ》に考えたものだ。モッツァレラチーズとの意外な取り合わせが絶妙《ぜつみょう》な一品だ。早くから洋食に山菜など日本らしい食材を組み合わせてきた住吉さんらしいアイデアだった。「ことしは特に人気なんです。住吉さんは死んでも生きている」

喫茶店《きっさてん》を営む片山伸二《かたやましんじ》さん（62）＝魚津市北鬼江《きたおにえ》＝は、特製の生姜《しょうが》焼きのソースの作り方を伝授された。片山さんは住吉さんの高校の後輩《こうはい》。５年前に喫茶店をオープンさせるため、住吉さんにサラダドレッシングのレシピや、カレーで使う肉の処理の仕方を教わっていた。

しかし、ソースについては片山さんからは頼《たの》んではいなかった。亡《な》くなる1年前、住吉さんから「挑戦《ちようせん》してみるか」と突然《とつぜん》持《も》ち掛《か》けられた。「自分の死期が近いと悟《さと》っていたのかもしれない。もっと何か残したいという思いがあったんじゃないか」と推《お》し量《はか》る。

＊

この8月14日に住吉さんの一周忌《しゆうき》を迎《むか》えた。料理人仲間やかつての弟子《でし》が集まり「偲《しの》ぶ会」を開いた。住吉さんの思い出を語り合い、皆《みな》一様に「あのカレーはまねできない」「オムライスを作ってほしい」と惜《お》しんだ。

妻の美枝子さんは店の前の「まうんてん」と書かれた看板を撤去《てつきよ》できないでいる。住吉さんがメニューを手書きした黒板の字もそのまま残している。

「もう全部片付けていいんじゃないって言われるけど、寂《さび》しいじゃない。まだここにいるような気もするからね」

出会った人の胸の中で住吉さんの料理は輝いている。

（2017年9月1日掲載《けいさい》）

待っている人がいる

幻《まぼろし》の詩人の第1詩集復刊

2

はじめ　ひき出しの中に音がして
それからキチンに
それから居間に
ついには家全体に音がして
その国では
雨は家の中にふる

雨がふり始めると　人びとは
大急ぎで家を飛び出して
屋根をひとはけで真黄色に塗《ぬ》って
板壁《いたかべ》をもうひとはけで真青《まっさお》に塗《ぬ》って

（『雨期』から抜粋《ばっすい》）

文字を追えば、屋外ではなく家の中に雨が降るという不思議な情景が目に浮《う》かぶ。引き出しの中から台所、居間、そして家全体へ。行間をまたぐごとに雨に染まる空間は広がっていく。きらびやかな修飾《しゅうしょく》や人生訓はない。平易《へいい》で優《やさ》しい言葉の流れが架空《かくう》の世界へ鮮《あざ》やかに橋を架《か》けてくれる。読者は現実のルールを忘れ、言葉を頼《たよ》りに自由に想像の世界を広げればいい。

この詩を書いたのは、旧婦中町《ふちゅうまち》出身で1948年生まれの詩人、松井啓子《まついけいこ》さん。「雨期」は、80年に刊行された第1詩集『くだもののにおいのする日』に収められている。80年代に盛り上がった女性詩をけん引する存在で「詩と思想新人賞」の最初の受賞者だった。詩人で芥川賞《あくたがわしょう》作家の川上未映子《かわかみみえこ》さんもファンであることを公言している。自身が責任編集を担当した文芸誌「早稲田《わせだ》文学増刊　女性号」に松井さんの旧作を採録した。

松井さんは現在69歳《さい》。3冊目の詩集を出して以降、詩の表舞台《おもてぶたい》から姿を消した。「幻《まぼろし》の詩人」と呼ぶ人もいる。本人は「引《ひ》っ越《こ》しの繰《く》り返《かえ》しで所在不明になっただけなんだけど」と笑う。

その「幻の詩人」の第1詩集が装丁《そうてい》を新たにして一昨年、復刊された。表紙の深い黒地に果物の版画が散りばめられた美しい一冊。現代詩は一般的《いっぱんてき》に難解な印象がある。小説などに比べ、読者は少ない。一線から遠ざかった詩人の本がよみがえることは珍《めずら》しい。

＊

松井さんが初めて詩を書いたのは、速星《はやほし》小学校に通っていたときだった。担任の教諭《きょうゆ》が詩の指導に熱心だった。いい作品は新聞に投稿《とうこう》してくれた。教えられた創作のポイントは「説明しないこと」だった。

大学進学に伴《ともな》い上京し、現在の夫となる宏文《ひろふみ》さん（70）らと文芸の同人誌を作った。

当時は主に小説を発表した。本格的に詩に取り組んだのは結婚《けっこん》後の20代後半になってから。文芸誌でほかの詩人の作品を読んで反発した。「若かったからでしょうか。『こんなの詩ではない。私が書く』と思ってしまった」と振《ふ》り返《かえ》る。

松井さんは「詩はメッセージじゃない。絵や音楽に近い」と言う。選ぶ言葉は野菜や果物、駄菓子屋《だがしや》や湯治場《とうじば》など身の回りにあるもの。「温度を持っている言葉が好き。悲劇が文学の中心になりやすいけど、幸せな気持ちを伝えてもいいじゃないという思いがあった」と言う。そうやって同人誌などに発表していた作品をまとめたのが「くだもののにおいのする日」だった。

詩を書き上げたときは、きれいな花が咲《さ》いたような感覚になる。「てにをは」の助詞一つも考え尽《つ》くす。気力と体力をすべて捧《ささ》げる。しかし時を経て、家族の介護《かいご》の都合などもあり、書く時間と体力がなくなった。原稿《げんこう》用紙と向かい合うのも嫌《いや》になった。87年に第3詩集を発表。詩人として注目される存在だったが、創作の道から退いた。「息が切れちゃった」

＊

松井さんは詩作をやめたが、作品は忘れられなかった。2000年代になってもインターネット上に引用する人がいた。05年には文芸誌「文學界《ぶんがくかい》」の現代詩に関する評論で、第1詩集の詩も取り上げられた。

ひとりでごはんを食べていると
うしろで何か落ちるでしょ
ふりむくと
また何か落ちるでしょ

ちょっと落ちて

どんどん落ちて
壁《かべ》が落ちて　柱が落ちて
ひとりでに折り重なって
最後に　ゆっくり
ぜんたいが落ちるでしょ
（『うしろで何か』から抜粋《ばっすい》）

食事という日常の営みを素朴《そぼく》な語り口と奇想《きそう》で包む詩だった。東京都内で暮らす谷《たに》川恵《かわめぐみ》さん（58）も偶然《ぐうぜん》目にした。一読して見たこともないイメージを喚起《かんき》させる言葉だと感じた。「ページをめくったら紙から文字が浮《う》かんで見えた。言葉にできない感動があった」と谷川さん。

この一編が載《の》った詩集を探した。しかし既《すで》に絶版になっていた。古書店を巡《めぐ》っても、松井さんの詩集は手に入らなかった。文芸誌から切り取り、手帳に挟《はさ》んで何度も読み返した。お守りのように大切にした。

谷川さんは音楽家の妻で普段《ふだん》は事務所の経理を担当する。詩人の谷川俊太郎《たにかわしゅんたろう》さんは義父にあたる。13年に小さな出版社を設立した。本の企画《きかく》から注文対応まで全て自分だけで行う。義父の詩を載《の》せた本をまず1冊作るためだった。もし次に作るなら松井さんの詩集という思いがあった。ほれ込《こ》んだ詩を収めた本を復刊したかった。第1詩集を読み通したことがないにもかかわらず、待っている人がいるという直感があった。

14年に詩のイベントに参加したときに隣《とな》り合《あ》った詩の専門誌「現代詩手帖《てちょう》」の編集長、藤井一乃《ふじいかずの》さん(44)＝立山町《たてやままち》出身＝に尋《たず》ねられた。「次はどんな本を出すんですか」。切《き》り抜《ぬ》きを見せた。「松井さんの詩集を出したいけれど、連絡先《れんらくさき》も分からない」

藤井さんも松井さんの独特の文体に引かれていた。希少品になっていた自身の『くだもののにおいのする日』を複写して読ませてくれた。編集者のネットワークを生かし、松井さんの居場所を探してくれた。藤井さんは「私は松井さんのファンで、しかも同郷。本を幸せな形で世に出してもらえたら、それだけでうれしい」と話す。

*

松井さんは意外なほど谷川さんのそばにいた。自転車で10分ほどの距離《きより》に暮らしていた。新装復刊への協力を求めた当初、松井さんは色よい返事をしなかった。「ずっと頑張《がんば》ってきた人がいるのにやめた人間の本を出してもらうなんて」と恐縮《きようしゆく》するばかりだった。しかし「せっかくの機会だから」と言う夫に後押《あとお》しされて承諾《しようだく》した。

「すっかり筆無精《ふでぶしよう》になっちゃったから」。新たに書き下ろすことになった後書きはなかなか完成しなかった。原稿《げんこう》用紙3枚程度の文章を何度も書き直した。夫は「書き上がったら温泉に行こう」と励《はげ》ましてくれた。書くことの快感も思い出した。

出来上がった後書きは銭湯の光景や交流を描《えが》いていた。松井さんの詩の世界に通じる温かで不思議な散文だった。

本が完成すると、谷川さんは急いで自転車に乗って届けた。松井さんは「きれいな本にしてくれてありがとう」と感謝し「言おうかどうか迷ったけれど」と、照れくさそうに続けた。「きょうは誕生日なの」

松井さんの詩に谷川さんが出合って10年の月日が経《た》っていた。

（２０１７年10月1日掲載《けいさい》）

3

舞《ぶ》台《たい》の上の母と息子

バレエで生きていく

かつて人は戦いや狩猟《しゅりょう》など、身命《しんみょう》を賭《と》す場面で踊《おど》った。自らを鼓舞《こぶ》した。世界の民族それぞれに独自の舞踊《ぶよう》がある。ダンスは最古の芸術とも言われる。言葉を話せなくても人は踊る。楽しいリズムが聞こえてきただけで子どもは踊り出す。

富山市堀川《ほりかわ》中学校3年、武岡昂之介《たけおかこうのすけ》さん（15）は特にそうだった。つかまり立ちがやっとの頃《ころ》から、テレビから音楽が流れると踊っていた。当時のお気に入りは映画の「ハリー・ポッター」シリーズの曲だった。「血なんですかね。母さんの」

昂之介さんはバレエ一筋。母のともさん（43）が2006年から主宰《しゅさい》するバレエ教室「フェアリーバレエシアター」で学んでいる。友達が戦隊物のヒーローに憧《あこが》れている幼児期には、バレエダンサーを夢見ていた。同級生のように学校の部活動に参加したことはない。中学校の授業が終われば、祖母の運転する車で練習場へ向かう。寝《ね》る前のちょっとした時間には、スマートフォンで有名ダンサーの動画を見て、動きをまねする。この夏に金沢《かなざわ》で開かれたバレエの大会で優勝した。全国的な大会で上位入賞することも多い。将来が注目されている若手の一人だ。ともさんのことは家では「母さん」、教室では「先生」と呼ぶ。舞台人《ぶたいじん》として公私を分けることは親子のルールだ。

バレエ教室は女の子の人気が高い。薄《うす》い布を何枚も重ねたスカートのチュチュはかわいらしい。立ち居振《ふ》る舞《ま》いが美しくなるともいう。一方で、フェアリーバレエシアターに通う同年代の男性は昂之介さんだけ。「小さいときからこんな感じ。自分では違和感《いわかん》はないですね」と笑う。

日本のバレエ教室は名作の一部分だけを抜粋《ばっすい》して発表することが多いが、ともさんの教室は2年に1回、全幕を上演する。全幕バレエは華々《はなばな》しく壮大《そうだい》。しかし、大きなセットや、数少ない男性ダンサーをゲストで呼ぶ必要がある。一つの物語を全て演じると2時間近くになり、練習量は多くなる。「大変は大変。でも、総合芸術であるバレエの魅力《みりょく》を伝えるなら全幕でしょう」。ともさんの声は自信に満ちている。

＊

ともさんは4歳《さい》で富山市の田中秀子《たなかひでこ》バレエ研究所に入った。中学生でバレエの道に生きると決めた。身一つで人を幸せにできる仕事だと思っていた。担任の教師には「ほかの同級生よりも厳しい選択《せんたく》をするのだから覚悟《かくご》しなよ」と言われた。文化庁の国内研修員となり、都内の舞台を中心に活躍《かつやく》した。富山の子どもたちに自身が学んだものを伝えたいと帰郷し、結婚《けっこん》後にバレエ教室を開いた。昂之介さんには3歳からバレエを教えた。小学校の授業が終わると家ではなく、練習場に連れてきた。学校以外の時間のほとんどを一緒《いっしょ》に過ごした。

ともさんは昂之介さんに必ずしもバレエをさせたかったわけではない。興味があるなら応援《おうえん》するつもり。その程度だった。でも昂之介さんはのめり込《こ》んだ。練習を重ねて演技ができるようになる。ステージで拍手《はくしゅ》をもらう。音楽と一体化する。性に合っていた。バレエがどれくらい好きなのかと尋《たず》ねれば「家族と同じくらい。家族とバレエをばかにされたら、一番腹が立つ」。

レッスンは夜11時まで続く。ともさんは、ほかの家庭のように毎晩食事の準備はできない。「一般的《いっぱんてき》ないいお母さんとは違《ちが》うけど、かっこいいお母さんでいたい。この人となら踊りたいと息子《むすこ》に思ってもらえるような。中途半端《ちゅうとはんぱ》なことはできない」

昂之介さんの心が揺《ゆ》れた時期もあった。小学校の高学年になって同級生がスポーツに熱中している姿を見ると、興味が湧《わ》いた。「サッカーしたい」。しかし、バレエとサッカーでは使う筋肉が異なる。ボールを蹴《け》るための体と、ステージで踊るための体は違《ちが》う。「やってもいいけど、両方は無理。やるならどっちか」。ともさんに問われ、昂之介さんはバレエを選んだ。ともさんは多くを言わず、常に本人に考えさせる。

親子の師弟《してい》関係は難しい。昂之介さんは中学1年生になると、反抗期《はんこうき》を迎《むか》えた。練習中、ともさんに注意されるとほかの受講生の前でもふてくされる。周囲からの「教室の息子」という視線と期待を感じれば気疲《きづか》れもする。「バレエ以外に選べなかった」と、ともさんを責めることもあった。

中学に入ると何かと理由を付けて練習をサボりがちになった。1カ月休むこともあった。しかし、遊びにも行かず、勉強もせず、何もしないで家でゴロゴロしているのはつまらなかった。やはり昂之介さんにはバレエと、教えてくれるともさんが必要だった。「いろいろあっても結局は『先生』を尊敬しているんです。普通《ふつう》の中学生の親子とは違うかもしれないけれど」

＊

ことし8月。魚津市の新川《にいかわ》文化ホールで、古典バレエ「くるみ割り人形」を全幕上演した。クリスマスにくるみ割り人形をもらった少女がネズミの王様を倒《たお》し、人形から変身した王子と楽しく過ごすという物語だ。昂之介さんは初めて主役に抜擢《ばってき》され、くるみ割り人形を演じた。

公演は半年以上かけて準備する教室の大切なイベント。昂之介さんは大役に不安を感じながらも気合は十分だった。これまで以上に練習に打《う》ち込《こ》み、本番を迎えた。

アクシデントがクライマックスで起きた。ゲストに招いた新国立劇場バレエ団の江《え》本拓《もとたく》さん（37）が登場して一度ジャンプすると、すぐに舞台袖《ぶたいそで》に引《ひ》っ込《こ》んでしまった。江本さんは本来なら回転やジャンプ、リフトなど高度な演技を連続して行うはずだった。しかし、両足に肉離《にくばな》れを起こし、演技が続けられなくなった。一度始まった舞台は止まらない。空気が凍《こお》り付《つ》き、甘美《かんび》な音楽だけが流れ続けた。

数秒して玉座に座《すわ》っていた昂之介さんが立ち上がった。自分の出番ではなかったが、気が付いたら体が動いていた。「何とかしなきゃ」という思いでいっぱいだった。チャイコフスキーの旋律《せんりつ》に合わせ、軽くジャンプして、堂々とステージを歩いた。中央にたどり着くと、片膝《かたひざ》を上げてターンを連続させた。最後にポーズを決め、ゆっくりとお辞儀《じぎ》した。憧れているプロが踊るはずだった20秒。一瞬《いっしゅん》にも永遠にも感じた20秒だった。会場からブラボーの声が響《ひび》いた。ともさんは舞台袖で自分の出番を待ちながら見守っていた。「息子がここまでやったなら、母親が失敗できない」。気を引《ひ》き締《し》め、華《か》麗《れい》な足さばきで応えた。

終演後、昴之介さんは共演者たちから、もみくちゃにされた。「プロなら機転を利《き》かせられる。でも中学生には難しいこと」と江本さん。関係者へのあいさつを終えると、昴之介さんと、ともさんはどちらからともなく抱《だ》き合《あ》った。

舞台を終えた充実感《じゅうじつかん》か。緊張《きんちょう》の糸が切れたのか。2人は泣いた。涙《なみだ》を流し、お互《たが》いをたたえ合った。普段《ふだん》の練習やステージ上では互《たが》いに舞台人として接するが、ともさんは「あの瞬間《しゅんかん》は親子だった」と言う。息子の成長を感じた。

＊

昴之介さんはもうすぐ中学校を卒業する。ともさんが「バレエで生きていく」と決めた年齢《ねんれい》だ。県内の高校に籍《せき》を置きながら、欧米《おうべい》のバレエ学校で技術を磨《みが》くことを考えている。週5日だった練習を最近は6日に増やした。「ここまで来たら一本道。バレエしかない」

ともさんは「本人の意思ですから」と素っ気ない。でも、ひと言付け加えた。「最近は少し真面目に練習しているかな」

（2017年11月1日掲載《けいさい》）

4

街と若者をつなぐ

20歳《さい》のシェアハウス

古い木造住宅の和室に若い男女が集まっている。皆《みな》とにかく食欲が旺盛《おうせい》。こたつを囲み、皿いっぱいによそったカレーライスをあっという間に平らげる。

若者たちがいるのは、中心商店街から近い富山市桃井町《もものいちょう》にあるシェアハウス。入居者がそれぞれの寝室《しんしつ》とは別に、居間やキッチン、トイレなどを共用し、生活している。共有スペースに私物を置かない、トイレは立ってしない、掃除《そうじ》は交代でー。決まり事はそれくらい。外出先から帰ってくれば「ただいま」「お帰り」と言い合う。時間が合えば、皆《みな》でご飯を作ることもある。にぎやかさと古民家の雰囲気《ふんいき》が相まって、1人暮らしとも実家暮らしとも異なる安心感に満ちている。

シェアハウスを運営しているのは弱冠《じゃっかん》20歳《さい》の富山高専5年生、伊藤大樹《いとうたいき》さん。「マチトボクラ」という名前を付けているが、看板はない。表から見ればただの民家。「ここはみんなの家なので。普通《ふつう》の家に看板は掛《か》かっていないでしょう」

この日は同世代の交流会があった。入居者に友達、さらにその友達が集まった。カレーを食べ終えた後、1人ずつ自分の人生の歩みを語り合った。不登校の経験や学生団体で取り組んでいる活動など、それぞれ自己紹介《しょうかい》していく。伊藤さんもその輪の中にいた。若いながらに起伏《きふく》のあるエピソードを披露《ひろう》した。

＊

伊藤さんは福井県《ふくいけん》生まれ。金融《きんゆう》機関に勤める父は転勤族で、子どもの頃《ころ》から数年単位であちこちに引《ひ》っ越《こ》しを繰《く》り返《かえ》した。「故郷と強調するほど強い愛着を持てる場所がなかった」と言う。

自立心にあふれ、名古屋に住んでいた年長児の頃には、スナック菓子《がし》を片手に1人で電車に乗って福井の祖母の家まで遊びに行った。富山に来た要因もこの自立心からかもしれない。

中学生の時に母親から少しやんちゃな同級生との友人付き合いをとがめられた。そこから大げんかが始まり、家を出たくなった。当時暮らしていた石川県内の高校に進学するという進路を突然変更《とつぜんへんこう》。寮《りょう》がある富山高専に入った。「自分の友達を自分で選ぶなんて当たり前のことじゃないですか。親が口出しすることじゃない」

親への反発に任せて暮らし始めた富山は刺激《しげき》がほとんど無い場所に映った。県内外の学生向けビジネスコンテストで入賞するなど、充実《じゅうじつ》した学生生活を送っていたが、予定のない休日はつまらなかった。行く場所は、富山駅周辺のコーヒーショップや喫《きっ》茶店《さてん》くらい。買い物をするならショッピングセンター。よくある地方都市の日常だ。「これまで自分の暮らしていた街と全く変わらなかった」とがっかりした。

しばらくして見方が変わった。昨年、まちづくりとやまなどが主催《しゅさい》する「学生まちづくりコンペティション」に参加したことがきっかけだった。学生が富山市の中心商店街活性化のプランを競《きそ》い合い、採択《さいたく》されれば補助金を使って実行するというコンテストだ。

中央通りに期間限定で若者向けの雑貨店を開くというプランが選ばれ、伊藤さんは街に足繁《あししげ》く通った。おいしい餅屋《もちや》さんがある。店主がおしゃれな純喫茶がある。シネコンではかからない映画が楽しめるミニシアターがある。それぞれの店主やオーナーに話《はな》し掛《か》けてみると、信念やこだわりを教えてくれた。飲食店に行けば、常連客がかわいがってくれる。人々とのちょっとした触《ふ》れ合《あ》いが魅力的《みりょくてき》だった。

寮《りょう》生活も3年以上経験し、少し飽《あ》きていた。門限は午後9時。夢や社会問題についておしゃべりしたくても、同じ学校の人間ばかりだと会話に広がりがない。かといって外部の人を呼ぶこともできない。伊藤さんには息苦しかった。

学生向けのシェアハウスをつくればいいと思い付いた。「期間限定」のイベントではなく、自身も含《ふく》め少しでもたくさんの若者が商店街のそばで暮らせば、富山の面白《おもしろ》さに気付いてもらえるはず。寮暮らしより生活の自由も増える。これまで出場したビジネスコンテストで獲得《かくとく》した賞金を使えば初期費用はどうにかなる。学生ができることに限りはあるが、人の行《い》き交《か》いが少なくなった街の様子が、少しは変わるかもしれない。そう思ったら居ても立ってもいられなくなった。今年1月末、寮を出た。

コンペティションで知り合った呉服店《ごふくてん》「牛島屋《うしじまや》」社長の武内孝憲《たけうちたかのり》さん（45）が中央通りの店舗《てんぽ》の一室を住居として提供してくれた。まちなかでの暮らしを楽しみながら、近隣《きんりん》で空き家を探した。

「あんまりお世話になると申し訳ないので」と車の中で寝泊《ねと》まりする時期もあった。武内さんは「頼《たよ》ってくるけど、甘《あま》えてこない。ネガティブな要素を考える前に動くフットワークの良さもある。この若さでたいしたものだと思いますよ」と評価する。

シェアハウスにふさわしい家を探し始めて2カ月。ぴんとくる空き家を見つけた。細長い敷地《しきち》に立った築30年で5DKの木造住宅だった。中心市街地からも近い。採光が良く、大きな土間があり、イベントを開きやすそうだと感じた。

シェアハウスは4月にオープンさせた。空き家探しの日々をブログにつづっており、入居者はネットを通じて集まった。現在富山大生2人、富山高専生2人の男女が暮らしている。それぞれの友人がやって来たり、不定期に社会人を招いたトークイベントがあったりと、にぎやかな日々だ。

恋愛《れんあい》や大げんかによる仲間割れといったテレビの青春ドラマのような展開はない。しかし、同年代の仲間との暮らしがそれぞれに影響《えいきょう》を与《あた》えている。6月から暮らす富山大4年生の藤岡美波《ふじおかみなみ》さん（23）は「ここに来るのは、何かに頑張《がんば》っていたり、目標があったりする人たち」と表現する。

藤岡さんは旅行客がホテルより割安で泊《と》まれるゲストハウスの経営を夢見ている。「学校の友人に将来のことを話しても、冷やかされるかもしれない。でも、ここの仲間にならら怖《こわ》がらずに夢を語れる」。いろいろな選択肢《せんたくし》の中からシェアハウス暮らしを選ぶ若者だから、どこか気質《きしつ》が共通している部分があるという。伊藤さんは「気付いたら一緒《いっしょ》に暮らしている人たちが成長している。みんなといるだけで考えさせられたり、奮い立たされたりする」と言う。

このシェアハウスの住人が一生ここで暮らすことはない。夢をかなえたり、現実の問題とぶつかったりしながら、いつかは旅立っていく。そして新しい住人と入《い》れ替《か》わる。伊藤さんも来春には高専を卒業し、県外の大学に編入する。シェアハウスから出て行くことになる。でも、運営することはやめない。それどころか、12月中にすぐそばで「2号館」をオープンさせる。入居希望者が増え、要望に応じた。県外に引《ひ》っ越《こ》しても毎月1、2回戻《もど》って、シェアハウスを管理するつもりでいる。

＊

富山は生まれ育った地ではない。親元から離《はな》れたいという一心で住んだ街だ。東京で編集者になる夢もある。しかし、刺激《しげき》のないように見えた街は、思いのほかかけがえのない故郷になった。「富山に来るまで家族以外の人に親切にしてもらう経験はなかった。お世話になった人たちからもらったエネルギーをつないでいきたい」

利益があるわけでもないのに、いつまでシェアハウスを続けるつもりなのか。「取りあえず床《ゆか》が抜《ぬ》けるまでですかね。まあ、その時は直しますけど」

（２０１７年12月１日掲載《けいさい》）

5

夢あるサクラマス

歴史つなぐ海洋科

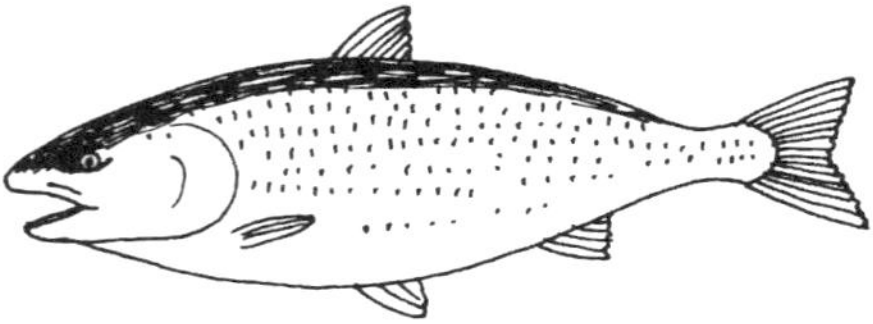

滑川《なめりかわ》高校の実習棟《とう》には直径3メートルの巨大《きょだい》な円形の水槽《すいそう》がある。6600リットルの海洋深層水の中を、銀色に光る魚が猛《もう》スピードで泳いでいる。

海洋科の生徒たちは卒業までの学校生活を通じ、サクラマスを人工飼育する実習を受けている。卵から成魚まで2年半かけて育て、その身を使ってますずしを手作りする。2年生の南保智哉《なんぼともや》さん（17）は「食べるのは楽しみ。でも、ちょっと微妙《びみょう》かな」と笑う。手塩にかけて育てた魚がかわいいらしい。

サクラマスはますずしに欠かせない。富山の自然のシンボルの一つであり、食と観光の代名詞だ。個体数が減っており、1年で1匹《ぴき》釣《つ》り上《あ》げれば上出来とされる。例えば、神通川《じんづうがわ》では明治後期には毎年170トン取れていたのが、近年は1トン近くで推移している。川釣《かわづ》りの愛好者から幻《まぼろし》の魚と言われるゆえんだ。

海洋科は同校の薬業科や県内外の大学と協力し、サクラマスを飼育している。資源回復だけでなく、身が赤くてうまい魚の養殖《ようしょく》を目指す。昨年夏からは県立大と共同で、超音波《ちょうおんぱ》が成長や生存率に与《あた》える影響《えいきょう》を調べている。

現在店頭に並ぶますずしの多くは、外国産や県外産に頼《たよ》っている。生徒たちを指導する吉倉桂三《よしくらけいぞう》教諭《きょうゆ》（47）は「サクラマス研究なら、うちがトップランナー。ますずしに地元産が使われていないのは寂《さび》しい。富山の現状を変えたい」と力を込《こ》める。

＊

1990年代、全国の水産高校は次々と校名を変えた。背景にあるのは、生徒の普《ふ》通科《つうか》志向や漁業就業者の減少だ。海洋科の前身となる県立水産高校は1900年からの歴史があり、水産業界に多くの人材を輩出《はいしゅつ》してきた。しかし、大型実習船による船員育成を軸《じく》とした方針を変えた。マリンスポーツまで授業に取り入れ、海全体について学ぶ学校を目指した。99年の学科改編で新設されたコースの一つが「生産バイオコース」だった。まだ20代後半だった吉倉教諭が、その授業計画を担《にな》った。

水産系の学校が「生産バイオコース」を名乗るのだから、魚の養殖に目を向けるのは必然だった。富山といえばますずし。サクラマスは、地元の生徒たちが研究する大義のあるテーマだった。全て富山産の材料でますずしを作ることは、地域が抱《かか》える課題と向き合い、学ぶことになる。

とはいっても、栽培《さいばい》漁業のノウハウはなかった。吉倉教諭自身は大学では海流の研究をしており、魚の飼育の知識はほとんどない。教科書は日本全体に合わせて標準化されており、富山の風土と合うやり方も分からなかった。

サクラマスの卵は希少だった。県水産研究所が養殖していたが、実績のない学校が卵を分けてもらうことは難しかった。割り当てられた予算は少なく、生産バイオコースに与《あた》えられた独自の設備は小さな水槽三つと顕微鏡《けんびきょう》くらい。できることは限られている。魚津市《うおづし》内の小学校がサケの飼育に取り組んでいると知り、教えを請《こ》うた。

＊

富山漁業協同組合からサケの卵をもらい受け、最適な水温や飼育密度などの条件を実験して調べ、8割近くをふ化させた。無事に育った稚魚《ちぎょ》を常願寺川《じょうがんじがわ》に放流したが、周囲からは「小学生でもやっていることなんだろう」と言われた。

水産高校が海洋高校へ校名を改めた2000年。サケを育てていた水槽が、なぜか水漏《みずも》れした。階下の情報室のコンピューター40台が水に濡《ぬ》れて使い物にならなくなった。職員会議では「どれだけ損害を出したと思っているんだ」と怒鳴《どな》られた。マリンスポーツコースで教える同僚《どうりょう》が生徒にウインドサーフィンを手ほどきしている姿が楽しそうに映った。

水槽は鉄筋コンクリート造りの校舎から、トタン張りの実習棟《とう》に移動することになった。外気の影響《えいきょう》を受けやすくなり、真冬の寒い日に水槽の卵が全滅《ぜんめつ》してしまった。サケの産卵期《さんらんき》は限られており、1年間の研究を棒に振《ふ》ることになった。「泥水《どろみず》を飲んだって実績を積まないといけない。富山以外の水産系の学校にサクラマスの研究で先行されるわけにはいかないでしょう」

失敗の積み重ねから、魚の飼育には水質以上に一定の水温を保つことが重要だと分かった。06年にはサケのふ化率が99・8％にまで上がった。その翌年、県水産研究所にも認められ、サクラマスの卵を分けてもらえた。生産バイオコース念願の研究授業がスタートした。育てた稚魚の放流も学校から近い上市川《かみいちがわ》で始めた。

09年の海洋高校の創立110周年を記念した式典では生徒たちが作ったますずしをOBたちに配った。使ったのは長野県水産試験場で開発された「信州サーモン」。生徒たちのサクラマスを材料にすることはできなかった。

学校の水槽は本来なら魚の観賞用のもの。飼育密度が高くなり、成長が抑《おさ》えられ、大きくても30センチに満たなかった。「いい研究じゃないか。頑張《がんば》れよ」。ますずしを食べた卒業生たちから吉倉教諭は温かい声を掛《か》けられた。飼育技術の向上に手応えを感じていただけに歯がゆかった。

＊

少子化の影響で、海洋高校に入学する生徒は減っていた。10年に滑川高校と再編統合することが決まった。新高校のベースは元の滑川高校にある。海洋高校の2学科3コースは、海洋科の1クラスだけになった。

当時海洋高校の校長だった福光義明《ふくみつよしあき》さん(68)は「水産の火を消すわけにはいかない。でも、皆《みな》にいい顔はできない。統合でバージョンアップしたと思ってもらえないと、歴史ある学校の卒業生が納得《なっとく》しない」と考えた。そこで注目したのが吉倉教諭が指導していたサクラマスの研究だった。「夢のある研究。積み上げていけば面白《おもしろ》いことになる。海洋科の目玉になる」

福光さんは限られた予算枠《よさんわく》を理由に渋《しぶ》る県の担当者と掛《か》け合《あ》った。大型水槽二つを備えた実習棟《とう》の建設にこぎ着けた。大きな水槽《すいそう》なら飼育密度が下がり、マスも大きなものを育てられる。夢に見たますずし作りにつながる。一方で、他の学科やコースの授業で使っていた設備は無くなったり、縮小されたりした。維持費《いじひ》が大きかった大型実習船は売却《ばいきゃく》された。

吉倉教諭は「変わることを無念に感じる先生や卒業生はたくさんいる。ちゃんとやる責任が自分にはある」と心に刻んだ。

13年に初めて生徒たちが育てたサクラマスでますずしを作った。米も塩も酢《す》も富山のものを使った。酢飯《すめし》には滑川産の大葉やエゴマも混ぜた。マスのピンク色と酢飯《すめし》の白色、それらを包むササの葉の緑色のコントラストが鮮《あざ》やかだった。ますずし作りは毎年恒例《こうれい》の授業になった。放流事業も順調で、川にサクラマスが戻《もど》ってきたという声もある。

魚が好きでサクラマスを研究したいという生徒が毎年、県内各地から入学している。15年には、全国の水産系の生徒が学習成果を発表する全国大会で最優秀賞に輝《かがや》いた。水産高校の歴史をさかのぼっても初めてのことだった。

吉倉教諭は「生徒たちのサクラマスは本当にうまいんです。毎年おいしくなっている」と語る。

水産の火は消えない。サクラマスを育てていく。輝《かがや》き方を変えながら、歴史をつないでいく。

（2018年1月1日掲載《けいさい》）

世界と向かい合う
カレーに導かれて

6

九州南東部にある宮崎県新富町《みやざきけんしんとみちょう》はズッキーニやトマトなどの野菜の産地だ。南砺市《なんとし》出身で京都大4年の石崎楓《いしさきかえで》さん（23）は春からここで働くことになっている。大学卒業後に勤める会社の初任地だ。

人口はピーク時の2002年より2千人以上減り、約1万7千人。日本の多くの農村のように少子高齢化《こうれいか》が進む小さな町だが、「世界をつくっているのは、一つ一つの小さな地域。地域と向き合うことが、世界と向き合うことになる」と力を込《こ》める。取り組むことになるのは、退職後の高齢者を雇用《こよう》し、耕作放棄《ほうき》地を農地としてよみがえらせる事業だ。都市と農村の格差を是正《ぜせい》することが大きな目標だ。

石崎さんはカレー作りが得意だ。さまざまなスパイスを使いこなし、腕前《うでまえ》は玄人《くろうと》はだし。「カレーは一期一会《いちごいちえ》」がモットーで、同じものを作ることはほとんどない。たびたび友人に振《ふ》る舞《ま》い、地方のイベントで販売《はんばい》してきた。「カレーは私にとって『窓』だった。たくさんの人に出会い、いろいろな経験をもたらしてくれた」。新富町との縁《えん》もカレーがつないだ。

＊

小学生の頃《ころ》は太りやすい体質のため、ダイエットに励《はげ》んでいた。ドーナツなど脂《あぶら》っこいものは、ひと口食べたら十分だった。カレーライスはカロリーが高く、進んで食べたいものではなかった。

中学2年になって、大阪《おおさか》で食べたインドカレーに衝撃《しょうげき》を受けた。家庭で食べるようなルーを使ったカレーと異なり、スパイスの香《かお》りが口の中いっぱいに広がる。複雑で奥深《おくぶか》い味は未体験のものだった。富山に戻《もど》っても「あの味」を再現したいと考えた。欲《ほ》しいものを店頭で見かければ、洋服でも文房具《ぶんぼうぐ》でも自作する研究熱心な性格。インターネットや図書館でレシピやスパイスの種類を調べた。材料を買い集め、料理するようになった。

高校の地理の授業がカレー愛を燃え上がらせる。富山には中古車輸出業に携《たずさ》わるパキスタン人が多く暮らす。いつからか、カレーの聖地と呼ばれるほど、名店が軒《のき》を連ねるようになった。

探偵《たんてい》小説と世界一周の旅行記を読んで「どこか遠くへ行ってみたい」と夢見る10代。刺激《しげき》に欠ける身近な街に、異国の文化が根付いていることは驚《おどろ》きだった。放課後は制服姿で県内各地のカレー店に通うようになった。「富山にいながらにして世界が広がりました」と振《ふ》り返《かえ》る。

＊

こんなにおいしい料理を生み出したインド人は何を考えているのか。興味が湧《わ》いた。インド哲学《てつがく》を学ぼうと、京都大に進学した。受験の時にも大学周辺を歩き回り、どんなカレー店があるかチェックした。大学で所属するサークルを探していたら、ぴったりなものがあった。その名も「京大カレー部」。SNS（ソーシャル・ネットワーキング・サービス）のプロフィールには、「日夜カレーを作り、愛《め》でる。Curry is love《カリーイズラヴ》（カレーは愛)」と書かれていた。ここには仲間がいるはず。入部を決めた。

「ミュージシャンが路上ライブをやるように、カレーで自己表現ができるんです」。カレー部は、スパイス活動と銘打《めいう》って本格的なカレーを創作し、学内外で販売《はんばい》する。部伝統のレシピなどはない。各自が自分で自分の味を探していく。

風変わりで気楽な学生の課外活動に見えるが、学園祭などの大イベントになると、何時間もタマネギをみじん切りし、水が冷たくても何度も米をといで炊《た》く。「体力的にも大変。でもお客さんにおいしいと言ってもらえるだけでつらくなくなります」

中学生の時からカレーを作っていた石崎さんは部内で存在感を増していった。2年生になって、4代目部長に就任した。石崎さんのカレーには学外にもファンがいた。京大カレー部が間借りして出店していたカフェに足繁《あししげ》く通っていた京都市の編集者、神崎夢現《かんざきむげん》さん(58)は、「スパイスと穀物の組み合わせを何種類も試《ため》したり、いつもカレーで実験をやっていた。知識も豊富で、変わった人が多いと言われる京大生の中でも、特に京大生らしいんじゃないか」と笑う。

＊

部長として特に力を入れたのは地方への遠征《えんせい》だった。氷見《ひみ》や和歌山、奈良《なら》などのイベントに参加した。地元の食材にスパイスを加えて、その土地で暮らす人たちに食べてもらう。食べ慣れたはずのものが違《ちが》った表情を見せてくれる。そこでしか作れないものがあった。

2015年には南砺利賀《なんととが》そば祭りにも出店した。南砺市は生まれ育った場所だ。どこの誰《だれ》がどんなおいしい野菜を作っているか知っている。地元で採れたホウレンソウや根菜、みそ、五箇山豆腐《ごかやまどうふ》を用いたキーマカレーを考案した。シナモンと酒かすの香《かお》りが合わさった楽しい一皿になった。天気が良く来場者が多かったこともあり、用意した千食を完売した。

当時利賀に暮らし、石崎さんの家族と知り合いだった縁から出店を呼《よ》び掛《か》けた朱栄《シュヨン》浩《ホ》さん（57）＝韓国《かんこく》＝は「今ここでしか食べられない利賀の味を出してくれたのがうれしかった。慣れない場所で何かをやってみる勇気を応援《おうえん》したくなる」と話す。

直接生産者と交流し、地域色豊かなカレーを作るうちに農業への関心も芽生えた。2年生の後期の授業を終えると、大学を1年間休学した。富山市大沢野《おおさわの》地域の中山間地にある農場「土遊野《どゆうの》」で住《す》み込《こ》みの研修生になったからだ。

田んぼの世話をしてから食べる玄米《げんまい》はかみしめるほどおいしくなった。口に入れると、朝露《あさつゆ》に輝《かがや》く稲穂《いなほ》の姿が目に浮《う》かんだ。腰《こし》をかがめてニンジンを洗い続ける作業はつらい。しかし、どこかで誰かが口にするのだと思うと、特別なことをしている気がする。農場の紫芋《むらさきいも》を切れば白い乳液のような液体がにじんだ。芋《いも》に流れる血にも見えた。「自分が食べているカレーはそれぞれの命からできているんだ」と実感した。

地理学を専攻《せんこう》していた石崎さんはインドネシアやカンボジア、インドにも遠征《えんせい》し、現地の農家を訪ねた。貧乏《びんぼう》旅行だったが、これまでの農業体験で山に行けば何かしら食べ物が手に入ることは分かっていた。生きることはできる。

そこで農家の窮状《きゅうじょう》に触《ふ》れた。単一栽培《さいばい》化の影響《えいきょう》で、作物は病気や害虫の影響を受けやすい。政情不安で閉園する茶園が増えている。農業が廃《すた》れ、農村の人口流出が進んでいる。

思えば、カレー部として訪《おとず》れた日本の各地は少子高齢化が進んでいた。手入れが行き届かなくなった農地も目にしてきた。「これまで世話になった人たちに貢献《こうけん》するにはどうしたらいいか」と悩《なや》んだ。

研究者の道を志したこともあったが、目の前の状況《じょうきょう》を変えられるのは、論文を学会で発表することではなく、スピード感のあるビジネスだと考えるようになった。

地方で社会貢献《こうけん》できるような企業《きぎょう》を中心に就職活動をした。大学卒業後の進路に選んだのは、貧困《ひんこん》や環境《かんきょう》問題など社会的課題を解決する取り組みを事業として展開する東京の会社だった。

カレーを作りに行くわけではないが、初任地は野菜がおいしいらしい。養豚《ようとん》や養鶏《ようけい》も盛《さか》んで新鮮《しんせん》な肉も手に入りそう。きっと現地でも誰かにカレーを食べてもらう。「今度は自分が社会のスパイスになる」

（2018年2月1日掲載《けいさい》）

時を超《こ》え
愛される文字

手書きテロップ
テレビから消えても

7

「飾《かざ》りじゃないのよ涙《なみだ》は　中森明菜《なかもりあきな》」「あゝやんなっちゃった　牧伸二《まきしんじ》」「プレイバック　PART2　山口百恵《やまぐちももえ》」

かつての流行歌と歌手の名前を見るだけでメロディーが浮《う》かぶ。いつか目にした書体で書かれていたならなおさらだ。

昭和の歌番組に登場した手書きテロップ（字幕）を再現した画像がネット上で人気を集めている。黒地に浮《う》かぶ丸く白いゴシック文字は、どこか哀愁《あいしゅう》を帯びている。バランスも良く、鼻筋が通っている。投稿《とうこう》にはコメントが寄せられ「あのリズムが頭の中でヘビーローテーション」「この字を習ってみたい」と好評だ。

投稿《とうこう》しているのは、魚津市《うおづし》出身の小田美由紀《おだみゆき》さん（52）。今は大阪《おおさか》で暮らしながら、夫の会社を手伝う。もともとテロップを手書きする仕事に就《つ》いていた。「タイトルさん」と呼ばれる職人だった。テレビの現場を離《はな》れて20年近くになる。かつての仕事を思い出しながら、手書きした文字をネット上で発表し始めたのは昨年夏だ。「仕事にしていた時より楽しいかもしれない。反応があるとモチベーションになる」と笑う。

＊

幼少期はテレビの黄金期。子どもも大人もブラウン管の画面に夢中になった。小田さんが好きだったのは、双子《ふたご》の女性デュオのザ・ピーナッツが主役を務めた音楽バラエティー番組「シャボン玉ホリデー」だった。オープニングで双子が歌い出すと、テレビの前で正座した。幼いながらに音楽もコントもしっかりと作《つく》り込《こ》まれていることに感心した。番組タイトルのデザインもお気に入りだった。

高校卒業後の進路に美術系の短大を目指したが、あえなく受験に失敗した。代わりに大阪のデザインの専門学校に進んだ。イラストのほかに、写植《しゃしょく》も学んだ。写植は機械でフィルムや印画紙に文字を印字する技術。当時「写植ができれば一生食うには困らない」とも言われていた。なんとかなると就職活動をせずに卒業した。その後、新聞の三行広告でこんな文言を見つけた。「テレビ、写植、募集《ぼしゅう》」。興味が湧《わ》き、面接を受けた。バブル景気が始まったとされる1986年だった。

会社は大阪のテレビ局の中に入っていた。画面に表示するニュースの見出しや出演者の名前などのテロップに加え、番組タイトルを制作する会社だった。写植の知識があったことから採用された。写植機があったが、手書きを求められる番組もあった。採用初日に社長から「何か書いてみて」と言われて、紙を差し出された。思い付いた文字を適当に書いた。「これは練習が必要だな」と苦笑いされた。基本から遠く、文字のバランスが悪かったらしい。

翌日から練習が始まった。50音表を参考にテロップでよく使われる丸ゴシックのひらがなとカタカナを毎日書き写した。練習は単調でつまらないが、社長も「腕《うで》が鈍《にぶ》るから」とやっている。「そういうものなのか」と毎日続けた。

ニュース番組では写植機で作った硬質《こうしつ》な文字を使うが、柔《やわ》らかな印象が求められる洋画やアニメの再放送、ローカルの情報番組では手書き文字が活躍《かつやく》した。

番組に合う背景やイラストを描《えが》き、手書きのタイトルを載《の》せる。地味な仕事で視《し》聴者《ちょうしゃ》の反応はない。それでも自分の仕事が誰《だれ》かに見られていると思うと充実感《じゅうじつかん》を覚えた。

＊

平成になると、テレビ業界で業務の機械化が急速に進んだ。小田さんの会社でも、テロップにアニメーション効果を加える機械を使うことになった。最も若手だった小田さんが作業を担当することになった。会社に入って6年が経過しようとするタイミング。ちょうど手書きの仕事に面白《おもしろ》みを感じていた。「よく書けた」という手応えはまだなかったが、これからもっとうまくなるという予感はあった。1センチ角のマス目に筆で同じ太さの線を10本書き入れられる程度に細かい作業ができるようになっていた。

文字が回転したり、コミカルに伸《の》び縮《ちぢ》みしたり。新しい装置がもたらす効果は目新しかった。割高な価格設定であっても、次々と仕事が舞《ま》い込《こ》んできた。しかし、小田さんには物足りなかった。手書きの文字は同じ書体でも書く人によって微妙《びみょう》に異なる。機械の文字に、そんな機微《きび》はない。

時代はあっという間に変わる。しばらくするとテレビ業界に不況《ふきょう》が訪《おとず》れた。制作費を抑《おさ》えるため、小田さんが担当する凝《こ》ったタイトルやテロップの注文は減った。同時に手書きの仕事もほとんどなくなった。コンピューター処理が当たり前になっていた。小田さんはやりがいを感じられなくなった。会社を辞《や》めた。35歳《さい》だった。後悔《こうかい》しているとすれば、満足できる仕事ができていないことだった。グラフィックデザイナーの夫の会社を手伝うことにした。

＊

17年後、再び筆を握《にぎ》らせてくれたのは、近所の立ち飲み屋の40代の女性オーナーだった。カウンター越《ご》しにかつての仕事に話題が及《およ》んだ。文字を手書きする仕事をしていたと言うと、メニュー表の手書きを頼《たの》まれた。二つ返事で引き受けた。

「生ビール380円」「中瓶《ちゅうびん》430円」

黒い紙に白い絵の具でドリンクメニューを書き入れた。テレビで用いた丸いゴシック文字を少し崩《くず》した書体だった。花を変えても気付かない常連客からも新しいメニューには反応があった。喜んだ店主からこんな提案を受けた。「ネットでも発信してみたら」

小田さんにとって手書き文字は番組の脇役《わきやく》。見たい人がいるとも思わなかった。昨年7月、半信半疑でSNS（ソーシャル・ネットワーキング・サービス）のツイッターで自身の文字を発表した。「筆でフリーハンドで丸ゴシック。ひと文字1センチ角の大きさです。昔のテロップは手書きでした」。何気ない言葉が1週間も経《た》たないうちに何百回もリツイート（転載《てんさい》）された。驚《おどろ》いた。気味が悪いとも思った。それでも山口百恵が好きだったことから、動画サイトを参考にし、昭和の歌番組に登場した歌謡《かよう》曲《きょく》のタイトルを書いて投稿《とうこう》した。これも好評だった。また多くの人に広まった。

大阪の毎日放送のアナウンサー、福島暢啓《ふくしまのぶひろ》さん（31）の目に留《と》まった。知り合いのライターを通じて小田さんのツイッターを知った。「子どもの時に見たテレビと同じ懐《なつ》かしさがあった」と言う。ちょうどラジオ番組を新しく始めるタイミングだった。グッズやホームページに用いるため、番組タイトルのデザインを依頼《いらい》した。手書きならではの味わい深いタイトルは、リスナーから反響《はんきょう》があった。ラジオ番組にタイトルのデザインの感想が届くのは異例だった。

富山でも小田さんのファンができた。富山市のフリーの編集者、居場梓《いばあずさ》さん（41）はレトロな味わいにほれ込《こ》んだ。友人と制作しているレシピ集の冊子の題字を小田さんに依頼した。「コンピューターではできない文字を作ってくれる期待があった」

小田さんは快諾《かいだく》した。数百部程度でも地元の人の目に届くのがうれしかった。

テレビではほとんど消えた手書きテロップの文字が、ネットを通じて再発見された。

お金にはならないが、日本中に見てくれる人がいる。

小田さんは今、書くのが楽しい。楽しんでもらうためだけに筆を握っている。

「今が一番良い字を書いている気がする」


（2018年3月1日掲載《けいさい》）

8

2人で目指す42.195キロ

ブラインドマラソンへの挑《ちょう》戦《せん》

マラソン熱が高まっているからか、平日でも富山市総合体育館の室内走路は老若《ろうにゃく》男女《なんにょ》でにぎわう。イヤホンで音楽を聞いたり、腕時計《うでどけい》でタイムをチェックしたり。ランナーたちは色とりどりのウエアを着て、おのおののペースで走る。

川口勇人《かわぐちはやと》さん（50）と波能善博《はのうよしひろ》さん（40）＝ともに高岡市《たかおかし》＝は、その中で輪になった1本のロープを握《にぎ》り合って走っている。息を切らす川口さんの目に、カラフルなランナーの姿は映らない。右目は全く見えない。左目の視力は0・01。すぐ目の前にいる人でもぼんやりとした影《かげ》のように映る。

隣《となり》の波能さんは「伴走《ばんそう》」と大きく書かれたビブスを着て声を掛《か》ける。「もうすぐカーブ」「休んで何か飲みますか」。波能さんは川口さんの目であり、コーチでもある。川口さんは波能さんの言葉に耳を傾け、うなずく。

＊

川口さんは先天性の視覚障害者ではない。2004年夏、頭痛に悩《なや》み始めた。半年して病院へ行くと多発性髄膜腫《たはつせいずいまくしゅ》と診断《しんだん》された。視神経の近くに腫瘍《しゅよう》があった。2度の手術で腫瘍を取れるだけ取った。

ただ医師は多くの症例《しょうれい》から「腫瘍が大きくなって神経を圧迫《あっぱく》すれば、いつか視力を失う」と告げた。言葉通りになった。徐々《じょじょ》に見える範囲《はんい》が狭《せま》くなり、ピントが合わなくなった。13年には光を感じるのがやっとになった。

妻と息子《むすこ》3人の家族がいたが、東京での暮らしに見切りをつけた。営業職として勤めていた会社を辞《や》め、高岡の生家に戻《もど》った。家業は紳士服量販店《しんしふくりょうはんてん》からズボンの裾直《すそ》しを請《う》け負《お》っていた。在宅での仕事なら慣れれば何とかなると思った。

とはいえ記憶《きおく》と視力以外の感覚だけを頼《たよ》りにする生活はストレスが多い。目の前に用意された食事が何かも分からない。白杖《はくじょう》を手にして歩くことにもなかなか慣れなかった。気遣《きづか》ってくれる家族にさえ声を荒《あら》げた。「もう、生きているしかばね。絶望しかない」。死のうとも思った。仕事もせずに引きこもるようになった。家からほとんど出ず、夏なのか冬なのかも分からない生活を1年半近く続けた。

川口さんが悶々《もんもん》としていた頃《ころ》、後に伴走者となる波能さんに心境の変化が訪《おとず》れた。走る意味が分からなくなった。

＊

波能さんは会社勤めの傍《かたわ》ら、01年からフルマラソンに取り組んでいた。ベストタイムは3時間14分台。アマチュアのランナーとしては上級者とされる実力だ。「最初は記録を更新《こうしん》するのが楽しかった」

それが十数年して急につまらなく感じた。全国各地のマラソン大会に参加していたが、抽選《ちゅうせん》で出場権を獲得《かくとく》しても辞退することが増えた。仲間からは「人気の大会には出たくても出られない人がいるのに」と怒《おこ》られた。14年の別府大分毎日マラソンは途《と》中《ちゅう》でリタイアした。体調は良かったが、足が動かなくなった。「ただただ虚《むな》しい。自分のためだけに走るのがもやもやした」

マラソンを続けるか迷っていたところ、視覚障害者が伴走者のサポートを受けて走るブラインドマラソンが、仲間との雑談で話題になった。富山にはまだないが、各地に視覚障害者と伴走者のランニングクラブや練習会があるという。波能さんは「誰《だれ》かのためになら走りたい」と興味が湧《わ》いた。相手がいる伴走なら好き勝手に走ることをやめられなくなるという計算もあった。やっぱり走りたかった。

縁《えん》があり、石川県のランナーを紹介《しょうかい》してもらった。相手は60代の男性だった。伴走は足元も前も横にも気を配る。呼吸のペースはどうか。足はよく動いているか。表情と体の動きを見て、ロープからも調子を感じる。勾配《こうばい》やカーブなどコースの状況《じょうきょう》を説明する。1人で走るよりも頭を使った。自分以外の人の役に立っていることがうれしかった。地元の富山でもランナーを増やしたいと思った。

＊

家に引きこもっていた川口さんに、妻の直美《なおみ》さん（49）が視覚障害者向けのパソコン教室を見つけてくれた。「今の状態から少しでも抜《ぬ》け出《だ》してくれたら。外の世界とつながってくれたら」という思いだった。

毎週1回の教室は思いのほか楽しかった。光を失う前に当たり前のように活用していたインターネットやメールを新鮮《しんせん》に感じた。音声機能を使って読書もできるようになった。生活に張りが出て、裾《すそ》直しの仕事にも精を出すようになった。

ふと他の視覚障害者のことを思った。国内に約30万人いる。中には自分と同じように生きることに絶望した人もいるだろう。「何かに挑戦《ちょうせん》すれば悩《なや》む人の心に小さな波風を立てることができる」と考えた。気持ちを立て直した自分の役割だと思った。

パソコンで読んだ本で知ったブラインドマラソンが気になっていた。どれだけ大変かは見当がつかなかった。ただ白杖を頼りに歩くことには慣れていた。「どうせ見えないんだから歩くことも走ることも変わらない」。パソコン教室のスタッフに伴走者を探してもらった。紹介されたのが、富山のランナーと走りたがっていた波能さんだった。

＊

川口さんと波能さんは17年1月、富山市総合体育館の室内走路で最初の練習をした。1周300メートルのコースを2人で走った。川口さんは大学生時代にボクシングをやっていたが、卒業した後はスポーツと縁《えん》がなかった。「フェザー級がヘビー級になった」と言うように学生時代57キロだった体重が85キロまでになっていた。1周だけでヘトヘトになった。感動どころではなかった。

波能さんはこう声を掛《か》けた。「やめたくなったらやめましょう」。走ることを嫌《きら》いになってほしくない。記録を伸《の》ばすためだけの練習は、走ることから川口さんを遠ざける気がしていた。

絶えず自分の意思を尊重してくれる姿勢を川口さんは信頼《しんらい》した。疑心暗鬼《ぎしんあんき》になれば見えない世界を走ることはできない。

２人で初めてのマラソンに挑戦したのは、昨年6月の高岡万葉《たかおかまんよう》マラソンだ。５キロの部に出場した。その日の天気は晴れ。走っている最中の気温は20度近かった。暑がりな川口さんには不利な気候だった。１９２人が出場し、川口さんたちがゴールしたのは１９２人目。スタートからゴールまで最下位だった。ただ沿道の応援《おうえん》が心地良《ここちよ》かった。川口さんは「生まれて初めてのビリ。悔《くや》しかったけど楽しかった」と振《ふ》り返《かえ》る。

その後、マラソン大会には同じ5キロの部で3回出場した。最初は50分台だった記録を毎回更新している。川口さんは失明してから最も充実《じゅうじつ》した日々だと感じている。風呂掃除《ふろそうじ》などの家事も率先《そっせん》して手伝うようになった。

3月中旬《ちゅうじゅん》に福井市であった大会では37分29秒を記録した。サポートする波能さんは「最初は私が引っ張る形だったのが、今は川口さんにエネルギーをもらっている。一緒《いっしょ》に走ると元気になる」と語る。この4月に2人で視覚障害者と伴走者のランニンググクラブをつくることを決めた。「生きる喜びを感じてもらいたい。大げさかもしれないけれど」と川口さん。
2人は10キロ、20キロと今後出場する大会で走る距離《きより》を伸ばしていく。そして来年の富山マラソンで42・195キロのフルマラソン完走を目指す。フルマラソンはどんなに経験のある選手でも終盤《しゆうばん》には自分との戦いになる。でも川口さんの隣《となり》には波能さんがいる。同じロープを握り合って。2人なら完走できる気がしている。

（2018年4月1日掲載《けいさい》）

9

「夢の箱」を目指して

3代目ガラス作家

築20年近いアパートの部屋は少しだけ雑然としている。冷蔵庫の回りには空の酒瓶《さかびん》が何本もある。デスクは紙資料があふれている。最新のゲーム機の近くにはソフトが無造作に置かれている。部屋の主、藤田創平《ふじたそうへい》さん（25）＝富山市＝は20代の男性らしい飾《かざ》り気《け》のない部屋に暮らす。

ほかの人とちょっと違《ちが》うとすれば、テーブルのそこかしこに自作のガラス器が置いてあるところか。小さなグラスに茶道具《ちゃどうぐ》の建水《けんすい》と香合《こうごう》。どれもこの2年間に自身で作ったものだ。青い建水にはお菓子《かし》、赤い香合にはネックレスを入れている。「この建水は失敗作。うまくできたのは母が千葉の実家で使ってくれています。お茶の教室をやっているんです」と言う。創平さんはこの春、富山ガラス造形研究所を卒業し、ガラス作家として一歩を踏《ふ》み出《だ》した。

研究所の卒業式で息子《むすこ》の晴れの姿を父の潤《じゅん》さん（67）も見守った。潤さんは第一線で活躍《かつやく》するガラス作家だ。受賞歴が豊富で国内外の美術館に作品が収蔵されている。

祖父の故喬平《きょうへい》さんは、実用品でしかなかった日本のガラスを芸術に変えたパイオニア的存在だ。２００４年に83歳《さい》で没《ぼっ》した。色ガラスに金箔《きんぱく》を散りばめた豪華絢爛《ごうかけんらん》な「飾筥《かざりばこ》」と呼ばれるシリーズで世界的に知られる。ガラス作家としては初めて文化勲《くん》章《しょう》を受章し、富山ガラス造形研究所の設立にも関わった。日本ではガラス美術はまだ新しい。３代にわたる作家は珍《めずら》しい。

３代目という色眼鏡で見られることは覚悟《かくご》の上。創平さんにとって祖父と父の存在は重くもあるが、精神的な支柱でもある。アパートのデスクに父と祖父の図録やインタビュー記事のコピーを入れたファイルを置いている。「迷ったり、悩《なや》んだりした時に読み返すんです」と話す。

＊

創平さんの実家には父や祖父の作った花器やオブジェが家中にあった。それぞれの個展にも家族でよく出掛《でか》けた。内側から神秘的な光を放つガラスが幼い頃《ころ》から好きだった。祖父が代表作とした飾筥もまぶしく見上げた。幼稚園《ようちえん》の卒園アルバムの将来の夢には「ガラスこうげいか」と書いた。

ガラス作品に触《ふ》れる機会が多く、身近なところに作る人がいた。特別なこととは思っていなかった。元気で優《やさ》しい祖父が美術史に名前を残すような人物だと知ったのは小学4年の頃。文化勲章受章の祝賀会に知らない大人たちがたくさん来て驚《おどろ》いた。

一時はガラスより文学に興味が湧《わ》いた。早稲田《わせだ》大の教育学部国語国文学科に進んだ。国語の教諭《きょうゆ》を目指そうと思ったこともある。教育実習を受け、中学校の教壇《きょうだん》にも立ったが、次第《しだい》に進路に迷いが出てきた。血なのか、環境《かんきょう》なのか。自分の手で何かを作りたいという気持ちが芽生えた。頭をよぎったのは、祖父と父の姿だった。

周囲を見渡《みわた》せば同級生が就職活動の準備を始めていた。友人たちに相談してみると「社会人になってからでも作家は目指せるじゃないか」と言われた。実際に父も大学卒業後に一般企業《いっぱんきぎょう》に勤めてから、作家に転身していた。会社員のように安定した収入を得られないことにも不安を感じた。

進路を決めかねていた大学3年の冬に青森の工房《こうぼう》で飾筥を制作する父の姿を見に行った。飾筥は祖父の代名詞。特別なものだった。父が取り組み始めたのは祖父が亡《な》くなってから。ここ数年のことだ。

父とスタッフが溶《と》かし、吹《ふ》き膨《ふく》らませた色ガラスが型の中で箱の形になる。ゴージャスな祖父の作品とは異なり、父の飾筥はシンプルで爽《さわ》やかな味わいがあった。祖父とは違《ちが》うオリジナルの表現だった。

創平さんは父の仕事に感心しながら、祖父を思った。亡くなる間際《まぎわ》、病床《びょうしょう》を見舞《みま》った創平さんにこう言った。「やりたいと思ったことがあったら人より早く始めなさい」。まだ小学6年生の頃だった。思い出の祖父に背中を押《お》された。しばらくして、父に「ガラス作家になりたい」と告げた。

父の返事は複雑だった。まず「代々続くことが喜ばれる歌舞伎《かぶき》や陶芸《とうげい》とは違う」と厳しさを伝えた。日本のアート市場は縮小しており、成功が約束された世界ではない。「だからこそ作家のオリジナリティーが大切」と続けた。父ならではの激励《げきれい》だった。一つ一つの言葉に実感がこもっていた。

＊

ガラスを学ぶため、父が勧《すす》めたのが富山ガラス造形研究所だった。祖父は直接教えることはなかったが、研究所への思い入れが深かった。在校生や卒業生がコンクールで入賞するのをいつも喜んでいた。「創平が入学すると言ったら、死んだ喬平も喜んだんじゃないでしょうか」と潤さん。

立体と平面の試験の後に面接があった。創平さんは試験官から「早稲田を出てガラスをやるの？」と質問された。「祖父や父の生き方や作品に触れ、自分も同じ道を行きたいと思った」と応じた。

受験を終えた足で向かったのは、富山市ガラス美術館だった。新しい美術館に、滝《たき》が流れ落ちたようなオブジェ、和の美を表現した飾筥、ベニスの伝統的な装飾《そうしょく》技法を用いた花器が並んでいた。一つ一つの作品に圧倒《あっとう》された。たまたま祖父の回顧《かいこ》展が開かれており、初期から晩年までの作品が紹介されていた。80代に差《さ》し掛《か》かろうとしても新しい展開を模索《もさく》する気迫《きはく》を感じた。「同じ道を行く」と気持ちを強くした。

＊

創平さんは16年春、富山ガラス造形研究所に入学した。カリキュラムは想像以上に厳しかった。基本的な技法ごとに授業があり、それぞれに課題が課される。こなすだけでも大変だった。しかし、作家としての道を不安に思うことはなかった。「自分で決めたことだから必死にやればいいだけ」

心の支えにしたのが、30回にわたって祖父の歩みが紹介された新聞の連載《れんさい》記事。実家を出る時、父に頼《たの》んでコピーしてもらった。ガラスが芸術とは認められていない時代。作家として独立したばかりの祖父が、自作をリヤカーに載《の》せて銀座で行商した日々まで綴《つづ》られている。「自分がどんなに大変な環境にあっても、おじいちゃんほどではない」と気持ちを奮い立たせた。

昨年夏、創平さんの作品が総曲輪《そうがわ》レガートスクエアのガラスケースに飾られた。1年間の研究所での学習の成果として制作した作品だった。父も仕事で富山を訪《おとず》れた際に見てくれた。掛《か》けられた言葉は「頑張《がんば》ったね」だった。

父はなかなか他人を誉《ほ》めない。「頑張った」は、公募展《こうぼてん》の講評で評価する点が見当たらない時に父が用いる言葉だった。

創平さんにとっては当時の集大成の作品。悔《くや》しかった。

ことし2月の卒業制作展にオブジェを出品した。色ガラスを重ねて電気炉《でんきろ》で溶《と》かし、重力による自然な曲線を生かした。深まる秋の夕暮れを表現したもので、偶然《ぐうぜん》と計算を溶《と》け合《あ》わせた自信作だった。会場を訪《おとず》れた父には「これはたいしたものだね」と言われた。珍《めずら》しく誉《ほ》められた。

創平さんは今、先輩《せんぱい》ガラス作家の作業を手伝う。富山市内の工房を借りながら創作活動を続ける。父や祖父と比較《ひかく》されることも意識している。しかし、いつかは自分も飾筥を作りたいとも思う。

祖父はかつて海外の講演で「飾筥に何を入れるのか」という質問に「夢を入れます」と応じた。

創平さんは、まだ夢の箱を作らない。「もうちょっと先。もっと表現力がついてから」。視線の先には父と祖父がいる。

（2018年5月1日掲載《けいさい》）

10

生きづらさ包《つつ》み込《こ》む

誰《だれ》も排除《はいじょ》しない「ひとのま」

高岡市《たかおかし》の国宝・瑞龍寺《ずいりゅうじ》から歩いて1分ほどの住宅街に「コミュニティハウスひとのま」はある。目印はカラフルなガレージ。虹《にじ》の架《か》かる青空が手描《てが》きされている。玄《げん》関《かん》の引き戸を開けると、「こんにちは」と明るい声が響《ひび》く。

ひとのまには幼児から大人まで訪《おとず》れる。引きこもり、不登校、発達障害、失業など、何かしら生きづらさを抱《かか》えた人が多い。もちろん何にも悩《なや》んでなくても遊びに来ていい。「誰《だれ》も排除《はいじょ》しない」というのが、ひとのまの運営方針だ。

コミュニティハウスと横文字の名称《めいしょう》を冠《かん》していても、築50年の借家。気取った空間ではない。5月になってもこたつを片付けていなかったり、障子が破れていたり。雑然とした和室で利用者は自然と膝《ひざ》を崩《くず》す。読書でも、おしゃべりでも何をしていてもいい。何もしなくても怒《おこ》られない。利用料は300円。懐《ふところ》に余裕《よゆう》がなければ払《はら》わなくても許される。「ある時に払ってくれたら、それでいい」。2011年にひとのまをオープンさせた宮田隼《みやたじゅん》さん（35）は言う。

＊

福岡県《ふくおかけん》の出身。もともと名古屋で学習塾《がくしゅうじゅく》のスタッフとして勤めていた。塾には問題を抱《かか》えた生徒が少なからずいた。明らかに精神疾患《しっかん》があったり、親からの過干渉《かかんしょう》に悩んでいたり。「いじめられている」と親に相談しても「頑張《がんば》れ」としか言ってもらえない子もいた。10代の心は複雑だ。成績を上げる以前に解決しないといけないことがあると実感していた。

仕事の合間を縫《ぬ》って高校生の相談に乗った。営業成績は悪くはなかったが、会社からは疎《うと》まれた。「そんな時間があれば、親に夏季講習を売《う》り込《こ》める」と上司から言われた。学習塾は営利企業《きぎょう》だ。上司の言い分が正しいと納得《なっとく》した。結局、自分の塾を開業することにした。氷見出身の妻の縁《えん》で高岡に移り住んだ。

当然勉強を教えたが、塾では雑談にもとことん付き合った。家庭にも学校にも居場所を見つけられない生徒たちの拠《よ》り所《どころ》を目指した。勤め人時代の理想だった。そんな宮田さんを慕《した》って、塾に不登校の児童や生徒が多く集まった。子どもたちは学校に行かず、昼間から宮田さんに勉強を見てもらった。どこで噂《うわさ》を聞いたのか、大人も行っていいかという問い合わせがくるようになった。引きこもりがちな人が家だけではない自分の居場所を求めていた。

ひとのまは、子どもも大人も自由に過ごせる場として始めた。個性的な名称《めいしょう》は「人間」という言葉にちなんだ。「人だけでいいのに、わざわざ『間』って付いている。人が複数いないと『間』は成り立たない。独りじゃないから人間で、ひとのま」

この春、富山市の星槎《せいさ》国際高校に入学した大西彪悟《おおにしひゅうご》さん（15）は中学2年からひとのまに通う。小学6年の頃から友人関係に悩んで学校に行けなくなった。勉強もどちらかと言えば苦手だった。母に勧《すす》められたのがひとのまだった。学校から渡《わた》されたプリントをやったり、ゲームをしたりして過ごした。高校に入った今も時間を見つけては遊びに来る。宮田さんや同年代の仲間が好き。「なんか気が合う。居心地《いごこち》がいい」

高岡市の50代の男性は通い始めて2カ月になる。母と2人暮らし。30年近く勤めていた小売店を辞《や》め、ひとのまに足を運ぶようになった。「ずっと家にいると息が詰《つ》まる。図書館と違《ちが》ってザワザワしているのがいい」。最近は不登校の若者たちとも仲良くなりつつある。「ここに来ないと若者と話す機会はあまりない。新鮮《しんせん》ですね」。今は100円ショップで買った英会話の本で暇《ひま》をつぶしながら、新しい人生を模索《もさく》する。

＊

ひとのまを始めた当初、近所の人たちから物珍《ものめずら》しがられた。「誰でも来ていい場所」とPRしていたからか新興宗教かと疑われたこともあった。近所にあいさつに行くたびに、福岡県《ふくおかけん》出身の宮田さんは「富山の人はよそ者に冷たいから頑張ってね」と言われた。「みんながそう言うんですけど、アドバイスしてくれるってことは心配してくれているんですよ」と笑う。納涼祭《のうりょうさい》や住民運動会など町内行事を積極的に手伝う中で地域に溶《と》け込《こ》んだ。利用者のためにと野菜を持って来てくれる人もいる。「やっぱり、よそ者にも優《やさ》しいでしょう?」

帰る場所がない人がしばらく泊《と》まることもある。生活に困った人がやって来たら食べ物を渡《わた》す。夫からDVを受けている女性が逃《に》げ込《こ》んでくることもある。家族がなく、孤独《こどく》にさいなまれて死にたくなったという男性も一時的に暮らしている。オープン当初に想定していたことではない。いろいろな相談を聞いているうちに気付いたらこうなった。「最近は行政の人にも『困ったらひとのま』って思われている。僕《ぼく》がいなくても子どもたちが食事の世話をしてくれる。いつの間にか、たくましくなっている」
3、4年前から刑務所《けいむしょ》や少年院の出所者も受け入れている。もともと不登校の子どものために始めた施設《しせつ》。利用する子どもたちの中には当初「怖《こわ》い人は嫌《いや》」という不安の声もあった。宮田さんはこう諭《さと》した。「君たち『不登校のかわいそうで暗い子どもたち』って見られるのは嫌《いや》でしょ。罪を犯《おか》した人たちだってそうだよ。いろんな経緯《けいい》があっての人生なんだから」。子どもたちは納得した。

土木関係の仕事に就《つ》くタナベさん（21）＝仮名《かめい》＝はかつて万引きの常習犯だった。親とさい銭泥棒《どろぼう》をしたこともある。複雑な家庭事情から児童福祉施設《ふくししせつ》で少年時代を過ごし、高校は中退した。万引きで警察に何度か厄介《やっかい》になり、少年院に送られた。出所後は県外を転々。故郷の富山に戻《もど》ったが、頼《たよ》れる人がおらずひとのまに行き着いた。

ひとのまでも金を盗《ぬす》んだ。玄関《げんかん》に置いてあったひとのまの利用料をポケットに入れた。ほかの利用者の財布《さいふ》も盗んだ。それがばれた。これまでは万引きが発覚しても、複雑な家庭の事情を話せば同情してくれる人もたくさんいた。でも、宮田さんは徹底《てってい》的《てき》に叱《しか》った。手を上げることこそなかったが、大声で怒鳴《どな》った。

タナベさんはびっくりした。叱られたことが新鮮だった。ピンク色の髪《かみ》をかき上げ、「怖《こわ》すぎて何を言われたか覚えていない」と言う。でも、親身になって怒《おこ》ってくれたのがうれしかった。二度と他人のものに手を出さないと誓《ちか》った。働いて得たお金を貯《た》めて、独り立ちするのが今の目標だ。「一番簡単なのは追い出すこと。でも、それをやったらまた彼《かれ》は同じことをどこかでしちゃうんじゃないか」と宮田さん。

さまざまな利用者と出会ううち、宮田さんは自分の身の上話をするようになった。父は暴力団関係者で、母とともに何度も殴《なぐ》られた。雨の中、山里に独りきりで置き去りにされたこともある。父から逃《に》げるように母と引っ越《こ》しを繰《く》り返《かえ》した。そのたびに父は追《お》い掛《か》けてきた。当初は誰にも過去を打ち明けることはなかった。「色眼鏡で見られるのは嫌《いや》だったんですよね。でも、相手が心を開こうとしているのに、自分が裸《はだか》にならないというのはちょっと違う」

*

ひとのまは天気が良くなるまで雨宿りするような場所だ。多くの人はずっととどまってはいない。いつかは旅立つ。

「恋人《こいびと》ができた」「引きこもりだったけど、コンビニでバイトを始めた」「ちょっとずつ笑える時間が増えた」。時々かつての利用者が宮田さんに報告しに来る。何気ない土産話《みやげばなし》を聞くと、ひとのまを始めて良かったと思う。

（2018年6月1日掲載《けいさい》）

11

悩《なや》みを抱《かか》え込《こ》まない

認《にん》知《ち》症《しょう》の人と家族の集《つど》い

ハッピーバースデートゥーユー。

富山市内の公共施設《しせつ》の一室から歌が聞こえる。調子外れの声も明るい。歌声の主は認知症《にんちしょう》の人とその家族たち約20人。みんなが生まれたことと、年を重ねたことを祝福し合う。

集《つど》いは「認知症カフェぽーれぽーれ」と称《しょう》している。誕生日や記念日を祝ってスタートすることが恒例《こうれい》になっている。

「東北で暮らす子どもと会った」「家庭菜園でトマトを摘《つ》んだ」。にぎやかな歌の後は、最近あったうれしい出来事を話す。認知症の人も時折つっかえながら発表する。ぽーれぽーれは「ゆっくり」や「穏《おだ》やかに」を意味するスワヒリ語から名付けられた。急《せ》かされることはない。

集いの後半では、認知症の人と家族が分かれて過ごす。当事者はおしゃべりしたり、歌ったり。家族は介護《かいご》の悩《なや》みを語り合う。家族の話し合いの進行役を務めるのが、富山市の勝田登志子《かつだとしこ》さん（73）。「認知症の人と家族の会」の県支部事務局長で、ぽーれぽーれの命名の主でもある。

家族たちはここぞとばかりに悩みを打ち明ける。勝田さんはみんなが話しやすいように、タイミングを見計らって質問を投《な》げ掛《か》ける。「あんたのところどう？」

勝田さんは集いの世話人であるだけでなく、自宅で認知症の電話相談を受け付けている。すべて無報酬のボランティア。活動に関連して収入を得ているわけではない。足りない分は持ち出しすることもある。「楽しいからやっているだけよ。大変とは思っていないの」と笑う。

＊

もともと普通《ふつう》の会社員だった。滑川《なめりかわ》高校を卒業した後、地元の化学メーカーの工場で事務職として働いた。同じ会社に勤める夫と結婚《けっこん》し、５人の子宝に恵《めぐ》まれた。しかし、30代半ばで工場が閉鎖《へいさ》されてしまった。県外の工場に移る話もあったが、地元の富山から離《はな》れ難かった。夫婦《ふうふ》そろって仕事を失うことになった。とはいっても子どもたちを育てなければいけない。勝田さんは医療《いりょう》事務の資格を取り、病院に勤めようとした。そこで紹介《しょうかい》されたのが、医師らでつくる県保険医協会の事務職の仕事だった。

協会はある年、認知症をテーマにした講演会を開いた。来場者のアンケートで、県内でも認知症の家族の会を求める声が多くあった。アンケートの結果を踏《ふ》まえ、認知症患者《かんじゃ》の家族が交流する機会をつくることにした。実務を担当したのが勝田さんだった。「呆《ぼ》け老人をかかえる家族の会」（現・認知症の人と家族の会）という民間の全国組織の県支部を設立することになった。「呆《ぼ》け老人」は当時でも公然と使ってはいけない言葉だったが、「世間の問題意識を呼び起こす狙《ねら》いもあったんだと思います」と勝田さんは考える。

1982年に家族の会の県支部が設立されたことを知らせる短い記事が新聞に載《の》っ

た。正式名称も問い合わせ先も載っていない小さな記事だったが、事務局だった勝田さんの勤め先には電話が殺到《さっとう》した。本来の業務ができなくなるほどだった。「あれほど必要とされているとは思ってもいなかった」。仕方なく電話での問い合わせや相談は普段《ふだん》の仕事後に自宅で受け付けることにした。

認知症患者の家族が集まる交流会が好評だった。当初2カ月に1回だった集いはすぐに毎月になり、毎週になった。当時は認知症になった家族を抱《かか》え込《こ》む人が多かった。家族以外の誰かに相談する場所はほとんどない。介護《かいご》を社会全体で支える意識も制度もなかった。「赤ちゃんが生まれたばかりなのに、両親が認知症になってしまった」「親戚《しんせき》から親を外に出すなと言われた」。みんな切実だった。

勝田さんの家族も認知症になった。最初は別居していた義父だった。自宅のトイレを改修してドアを取《と》り替《か》えると、手洗い器に用を足すようになった。引き戸から開き戸に変えたところ、ドアノブを回すということが分からなくなった。新聞配達の仕事をしていたが、配達先を間違《まちが》えるようになり、義母が同行せざるを得なくなった。脳《のう》梗塞《こうそく》で倒《たお》れた後も足が不自由になった認識《にんしき》がなく、歩いてはけがを繰《く》り返《かえ》した。

義父をみとると、今度は義母の認知症が進んだ。実母まで脳梗塞になった。育児とも重なり、それぞれに苦労はあったが、勝田さんは割り切ることができた。「家族の会の介護《かいご》仲間から話を聞いていたので心の準備はできていた。もっと大変な人もたくさんいた」

＊

2000年代に入ると、集いの形は変わり始めた。家族中心だったのが、現在のように本人も積極的に参加するようになった。オーストラリアの政府高官が認知症になったことを告白したのがきっかけだった。認知症は隠《かく》すことでも、恥《は》ずかしがることでもないという意識が日本でも高まった。

集いの会場は富山、高岡、朝日、南砺《なんと》と増やしていった。会員は300人以上になった。

最近の参加者に目立つのは、親子よりも夫婦《ふうふ》だ。富山市の芦野祐嗣《あしのゆうじ》さん（76）も認知症の妻、れい子さん（70）と毎週通う。認知症に気づいたのは12年だった。「お母さんの様子がおかしくない？」と東京で暮らす娘《むすめ》から連絡《れんらく》があった。留守番電話にメッセージが吹《ふ》き込まれていたので折り返すと、記憶《きおく》がないという。芦野さんに思い当たることはあった。れい子さんが60歳《さい》の定年退職を迎《むか》えて間もなく20年以上続けていた茶道《さどう》をやめてしまった。お点前《てまえ》の順序が分からなくなったらしい。もの忘れ外来で認知症の診断《しんだん》を受けた。1年過ぎた時には、息子《むすこ》や娘のことが分からなくなった。芦野《あしの》さんにも「あなたの奥《おく》さんはきれい？」と尋《たず》ねることがあった。

独りでれい子さんの面倒《めんどう》をみると、どうしてもつらくあたってしまう。大きな声を出してしまう。芦野さん自身も脳梗塞になり、右の手足が思うように動かない。一度は自死する場所を探した。家族の会の存在は知人から聞いた。「勝田さんたちと出会って妻へのいらだちを抑《おさ》えることができた。それまでは、なんで自分ばかりって思ってしまって」。気持ちに余裕《よゆう》ができると、れい子さんに笑顔《えがお》が増えた。「ここに来てなかったらどうなっていたか」と感謝する。

勝田さんも親身になってれい子さんに合ったショートステイの施設《しせつ》を探した。「お互《たが》い様《さま》じゃないの」

＊

認知症の家族を見送っても、世話人として家族の会に関わり続ける人もいる。堀井《ほりい》隆子《たかこ》さん（63）は30代の頃から家族の会に参加している。十数人いる世話人の中では一番若い。堀井さんは実家の母が認知症になったことから、夫と暮らす茨城《いばらき》から高岡に帰郷した。漠然《ばくぜん》と認知症は治ると思っていたが、症状が改善することはなかった。高岡市役所の紹介を受け、初めて集いに行った時には、勝田さんから「あなた偉《えら》いわね」って言ってもらえたのがうれしかった。デイサービスの施設で母が感染症《かんせんしょう》になった時には自宅にまで看病に来てくれた。

堀井さんは今、会長として会をまとめる。「ただの恩返し。義務感じゃなくて楽しい。勝田さんはもちろん、認知症のご本人からもいろいろ教えてもらえるんです」

日本では、現在65歳《さい》以上の高齢者の約7人に1人が認知症とされている。高齢化が進めばもっと増える。

勝田さんは来年、後期高齢者と呼ばれる年齢《ねんれい》になる。ちょっとずつ老いも感じる。忘れっぽくなった。なかなか人の名前を思い出せない。三つ編みした髪《かみ》の毛《け》には白髪《しらが》が目立つ。「私も認知症になる気は満々。でも、みんながいるから大丈夫《だいじょうぶ》」

（2018年7月1日掲載《けいさい》）

12

消えないジャズの灯火《ともしび》

夫から妻へ
受《う》け継《つ》がれた店

アフリカの仮面や木彫《もくちょう》の人形が店内を飾《かざ》る。女性ピアニストが「イパネマの娘《むすめ》」や「オーバー・ザ・レインボウ」を奏《かな》でている。客たちはグラスを手に耳を傾《かたむ》け、熱帯夜の気だるさを忘れる。

富山市総曲輪《そうがわ》の老舗《しにせ》ジャズクラブ「ファイブスポット」の名物は週末のライブと、タマリンドが効いた酸味のある牛肉の煮込《にこ》み料理「カランガ」だ。アフリカ仕込《じこ》みの料理で、化学調味料などは一切《いっさい》使わない。値段は750円と何年も変わっていない。

「食材の値段が上がっているから、値上げしたいけどタイミングを逃《のが》しちゃって」。2代目オーナーの榊原晴美《さかきばらはるみ》さん（51）が笑う。カランガの味とともに、夫の吉明《よしあき》さんから店を引《ひ》き継《つ》いだ。

吉明さんが亡《な》くなったのは2016年。仲間からはポールの愛称《あいしょう》で呼ばれた。いつも座《すわ》っていたのは、カウンターの左端《ひだりはし》の席だった。席には旅立つ3カ月前まで吸っていたたばこと愛用の杖《つえ》が今も置いてある。

＊

吉明さんは大阪《おおさか》出身。小学生の頃《ころ》に母の再婚《さいこん》をきっかけに富山市内に移り住んだ。中学生でジャズに目覚めた。ラジオから聞き慣れない歌声が流れてきた。サッチモの愛称で知られるルイ・アームストロングの「バラ色の人生」だった。温かみのあるだみ声が10代の心に響《ひび》いた。

母親の再婚《さいこん》相手とうまくいかなかった。高校生の時に派手なけんかをし、家出した。たどり着いたのが東京だった。目指したのはミュージシャン。アルバイトをして、ウッドベースを手に入れた。バンドを組んで、キャバレーで演奏した。マイルス・デイビスとの共演で知られ、モダン・ジャズの黄金時代を築いたベーシスト、ポール・チェンバースに憧《あこが》れた。弾《ひ》き方《かた》をまねた。生き急ぐような生涯《しょうがい》にも憧《あこが》れた。ポールの愛称の由来になった。

富山に戻《もど》ったのは、ミュージシャンの夢を諦《あきら》めたから。ピアノを運んでいる最中に指をけがしてしまった。でも、ジャズからは離《はな》れられなかった。1966年に始めたのがジャズ喫茶《きっさ》「ファイブスポット」。閉じようとしていた店を譲《ゆず》ってもらった。23歳《さい》だった。最初は小さな店だったが、今よりもジャズが人気のある時代だった。移転を繰《く》り返《かえ》して、演奏もできるジャズクラブに広げた。

東京時代の縁《えん》もあり、一流のミュージシャンが演奏した。音楽好きが集まり、繁《はん》盛《じょう》した。ジャズ文化を富山で発信し、受け入れられた。日本を代表するベーシストの鈴木良雄《すずきよしお》さん（72）＝横浜市《よこはまし》＝も毎年のようにファイブスポットのステージに立つ一人。「ポールは歯に衣着《きぬ》せない。スケジュールの都合で寄せ集めのバンドで行ったら『ちょちょいのちょいでやってるな』なんて言う。でも、嫌《いや》みじゃない。納得《なっとく》させられちゃうんだ」と話す。

＊

29歳の吉明さんを原因不明の難病が襲《おそ》った。手足が壊死《えし》するバージャー病。両足を切断し、指もほとんど失った。50歳まで生きられないと医師に告げられた。手術を受けた病院から飛び降りようとしても、不自由な体で窓を乗《の》り越《こ》えられなかった。自殺もできない自分を笑った。そして泣いた。

義足を履《は》いて街を歩こうとしてもジロジロと見られる。富山は雪が降る。圧雪した道は健常者でも歩きづらい。足を滑《すべ》らせては転び、道でうずくまった。何とか店を再開し、平静を装《よそお》っても不安は襲ってくる。客が最後の一人になると「帰らないでくれよ」と涙《なみだ》を流すこともあった。

吉明さんを力付けた存在の一つがアフリカだ。今もジャズ界をけん引するサックス奏者、渡辺貞夫《わたなべさだお》さん（85）からアフリカ旅行を勧《すす》められた。「ジャズの源流はアフリカにある」という言葉に触発《しょくはつ》された。アフリカは生命力にあふれている。吉明さんと同じように手足がない人も当たり前のように暮らしていた。お金もないのに生き生きしている。「自分は甘《あま》ったれている」と思った。

その後アフリカには20回以上行くことになった。やりたいことを突《つ》き詰《つ》める性格。ただ旅行するだけでは終わらなかった。学校に給水用タンクを造ったり、サッカーボールを子どもたちにプレゼントしたり。私財を投じてさまざまな支援《しえん》活動をするようになった。店を訪《おとず》れるミュージシャンや大学生に「世界を見よう」と吹《ふ》き込《こ》んだ。

常連で歯科医の宮本宣良《みやもとのぶよし》さん（69）＝富山市＝も一緒《いっしょ》に歯科ボランティアとしてアフリカに何度も渡《わた》った。現地で暮らす人たちの中には病院や医療《いりょう》と無縁《むえん》のまま一生を過ごす人もいる。歯科検診《けんしん》を一度でも受ければ、少なくとも思い出にはなる。歯を大切にする意識も高まると説得された。

義足で舗装《ほそう》されていない道も自由に歩き回る吉明さんを見掛《みか》けると、現地の人たちが集まってきた。「私にとってマスターは『居酒屋のおじさん』。ただナイロビに行くと、彼《かれ》は大スター。尊敬のまなざしを向けられていた」と振《ふ》り返《かえ》る。アフリカの渡航《とこう》費《ひ》も支援《しえん》に必要なお金も誰《だれ》かに頼《たよ》るわけではない。全てポケットマネーでまかなった。

「お金はお客さんからもらったものだからって。奥《おく》さんの晴美さんも肝《きも》が据《す》わってい
る。よく理解してあげていたね」

＊

晴美さんと吉明さんは21歳離れた年の差カップルだった。吉明さんとの出会いは20代半ば。高校卒業後から勤めていた婦人服店のすぐそばに吉明さんの店があった。店の存在は以前から知っていたが「怪《あや》しい」と感じて行かなかった。ジャズに強い興味があったわけでもなかった。しかし、友人に誘《さそ》われて一度行くとはまった。店の雰囲《ふんい》気《き》が心地《ここち》良《よ》かった。吉明さんの印象は「サラリーマン家庭に育った私には変わった人にしか見えなかった」と言う。両足がないことには最初は気付かなかった。

店に通い始めたのは転職を考えていたタイミングでもあった。次第《しだい》に店を手伝うことになった。そして一緒に暮らした。燃えるような恋愛ではなかった。いつの間にか2人でいた。アフリカも、インド洋大津波《おおつなみ》で被災《ひさい》したスリランカにも一緒に出掛《でか》けた。

「言い出したら止まらない。『またか』って思うだけ」

２００8年に娘《むすめ》の明美《あけみ》ちゃんが誕生した。吉明さんが63歳、晴美さんは42歳になっていた。もともと子どもはつくらないつもりだったが、吉明さんがいざという時に晴美さんを独りにさせられないと考えるようになった。大切な店を継いでくれる存在も欲《ほ》しかった。吉明さんは明美ちゃんを溺愛《できあい》した。「これで店が１００年続く」と常連客にうれしそうに話していた。大好きだったたばこも、愛娘《まなむすめ》のために少しだけやめた。

その8年後、吉明さんは亡《な》くなった。死因は大腸がんと脳腫瘍《のうしゆよう》だった。晴美さんと明美ちゃんが2人でみとった。訃報《ふほう》が伝わると、ミュージシャンや常連客が家族葬《そう》の会場となった店に集まった。棺《ひつぎ》のそばで自然と演奏が始まった。晴美さんは葬儀《そうぎ》業者に手順を尋《たず》ねられると「もうアドリブで」と応じた。

経営を引き継いだ晴美さんは、自分の好きなようにお店を変えたらと勧《すす》められる。ジャズはもう流行の音楽ではない。東京ですらジャズバーが徐々《じょじょ》に姿を消している。

晴美さんは言う。「だからこそ変えたくないんです。うちに来るお客さんはジャズが好き。そういうお客さんを集めたのがあの人。今のお店をこのまま守りたい」

渡辺貞夫さんがこの冬、ライブに来てくれた。吉明さんが愛したアフリカの曲を中心に演奏した。ほかの会場では聴《き》けない特別なプログラムだった。

（2018年8月1日掲載《けいさい》）

新しい風《かぜ》吹《ふ》かせる
古書店

誰《だれ》かを応援《おうえん》できる場所に

13

古い町屋が軒《のき》を連ねる滑川市《なめりかわし》旧町部の瀬羽町《せわまち》通りは江戸《えど》時代、北陸街道《かいどう》の宿場町として栄えた。かつては映画館が複数あり、多種多様な商店も繁盛《はんじょう》した。市制50周年の記念誌を開くと、戦後間もない頃《ころ》の通りの様子を切り取った写真が載《の》っている。たくさんの人が行《い》き交《か》い、活気にあふれている。それが時の移り変わりとともに空洞化《くうどうか》が進んだ。理由は大型店の出店とモータリゼーションと記念誌には書いてある。現代の地方によくある話だ。

少し前まで閑散《かんさん》としていた通りが最近元気だ。若い人がやってくる。新店のオープンが相次いでいるからだ。昨年は古道具店とカフェが開店した。この5月には、古書店「いるふ」がのれんを掲《かか》げた。店名の「いるふ」は「古い」という言葉を逆から読んだ。古いの対義語は新しい。店名は古い本がもたらす新しい出会いを象徴《しょうちょう》している。「ふるほん」と味わいある書体で書かれたのれんをくぐれば、本棚《ほんだな》は壁際《かべぎわ》にあるだけ。思いのほかゆったりとしたスペースが広がっている。本好きじゃなくても入りやすいようにという配慮《はいりょ》だ。

人文系やアート関係の本を中心に取《と》り扱《あつか》う。入り口側の一等地のテーブルには、地元ゆかりのライターが制作した冊子を並べている。裸電球《はだかでんきゅう》が表紙を照らす。店主の天《あま》野陽史《のようじ》さん（33）は「富山には面白《おもしろ》い人がたくさんいるんですよ」と言う。

＊

愛知県出身。父は現代美術家で、母は自宅でオーダーメイドの洋服作りを請《う》け負《お》っていた。父は有名でも売れっ子でもない。大病したことをきっかけに、残りの人生を自身の芸術に費《つい》やそうとした。表現しがたい形が連なった銅版画や抽象《ちゅうしょう》彫刻《ちょうこく》を発表し続けた。お金になる仕事はしていなかった。だから母が家計を支えた。天野さんは「どうやって生計を立てていたのかと不思議なくらい」と話す。

ものをつくる仕事に携《たずさ》わりたいと地元の美大に進んだ。どこかで親を意識し、デザインを学ぼうと思った。美術が身近な環境《かんきょう》で育ったから、いわゆる普通《ふつう》のサラリーマンという選択肢《せんたくし》はぴんとこなかった。

美大は才能が集まる場所。自分とは比べものにならないスピードで課題を仕上げる同級生に驚《おどろ》いた。引け目を感じてしまった。彼《かれ》らと自分の作品が大学のグループ展で一緒《いっしょ》に並べられるのも嫌《いや》だった。比べられたくなかった。自分の才能を疑い、デザイナーになるという志もしぼんでいった。就職活動にも身が入らず、大学院に進んだ。

デザインの次に関心を持ったのが本だった。もともと読書家だったというわけではない。大学の教授との会話で「やっぱり最近の若い人は本を読んでいないな。読まないと文章も書けないよ」と言われた。一念発起《いちねんほっき》して、なんとなく避《さ》けていた活字に触《ふ》れることにした。あれこれ手に取って、特に気に入ったのが編集者の松岡正剛《まつおかせいごう》さんが書いた『フラジャイル』という本だった。普段《ふだん》目を向けられることのない「弱さ」が持つ意味に目を向けた論考だった。知的な刺激《しげき》を受けて、読書の幅《はば》が広がっていった。

地元の古本市にも顔を出し、運営を手伝った。古書店の経営に憧《あこが》れるようになった。

大学院で妻となる染色《せんしょく》作家の裕香子《ゆかこ》さん（35）と出会った。裕香子さんは黒部市出身だった。天野さんは結婚《けっこん》を機に富山に移り住み、上市町《かみいちまち》の嘱託《しょくたく》職員や外郭《がいかく》団体のスタッフになった。

「正直、富山がどこにあるかも正しく分かっていなかった」と振《ふ》り返《かえ》る。それでも移住する決め手になったのが、富山市の中心街だった。雰囲気《ふんいき》のいい民芸品店や当時休館前の映画館「フォルツァ総曲輪《そうがわ》」があった。「こんな面白いスポットがある街なら暮らしていける」と思った。気に入った店の一つに「古本ブックエンド」があった。小さな店ながら、品ぞろえが充実《じゅうじつ》していた。足繁《あししげ》く通ううちに、店主の石橋奨《いしばしすすむ》さん（45）に、古書店経営に関心を持っていることを打ち明けた。

「迷っているならやった方がいいよ。だめだったら次の仕事にいけばいいじゃない」と背中を押《お》された。古書店は県西部にあっても、富山市以外の県東部にはない。「天野さんが加われば、富山全体が盛り上がる気もした」と石橋さん。

肩慣《かたな》らしに、天野さんは入善町《にゅうぜんまち》の寺であった古本市で自分の蔵書を売った。美術関係を中心に100冊ほど並べて、2日間で20冊近く売った。売上は1万円ほど。大切な本が手元を離《はな》れていくのは、うれしい反面、寂《さび》しくもあった。仕事の傍《かたわ》ら、休日には古本市への参加を続けた。ブックエンドでアルバイトも始め、古書店の業務を学んだ。

県東部で店を開く場所を探していたところ、瀬羽町通りの空き店舗《てんぽ》を見つけた。向かいにしゃれた古道具店があり、古書店の客層とも重なっているように思えた。元々は靴店《くつてん》で、築50年以上は経《た》っていた。選挙事務所にも使われたことがあったらしく「愛する街に新しい風を」という看板が玄関《げんかん》に立て掛《か》けられていた。

*

妻の裕香子さんには反対された。自営業は収入が安定しない。活字離れが進んでいる今、古書店がもうかる可能性は低い。もちろん結婚する前から「古本屋を開きたい」

という夢を伝えてはいたが、いざ実際に取り掛かろうとすれば話が違《ちが》ってくる。

天野さんが見つけた空き店舗はボロボロだった。天井《てんじょう》に穴があき、畳《たたみ》も腐《くさ》っていた。ずっと風が通されていなかったのか、かび臭《くさ》かった。裕香子さんは「こんな場所が店になるのか」と不安になった。考え直すことも迫《せま》った。娘《むすめ》が生まれたばかりだった。

天野さんは収支の計画を紙に書いて妻に見せ、「若いうちだから失敗できるんだ」と説得した。さらに店の改修も手伝ってもらった。「一緒《いっしょ》に手を動かしていたら、愛着が湧《わ》くんじゃないか」という作戦だった。それが当たった。裕香子さんは染色《せんしょく》作家のセンスを生かし、内装もいろいろとアドバイスしてくれた。色の異なる廃材《はいざい》を組み合わせ、壁《かべ》を装飾《そうしょく》してくれた。店で着用するエプロンものれんも作ってくれた。

5月にオープンすると、いるふは少しずつ街になじんできた。近所の人は「地元に本屋ができるなんて」と喜んでくれている。「東京の古本屋と比べても遜色《そんしょく》ない」と言ってくれる人もいる。天野さんは「思ったより順調です。オープンしたばかりで、ご祝《しゅう》儀的《ぎ》な部分もあると思うんですが」とほっとした表情を見せる。

店の一角には、ギャラリースペースを設けている。本棚にはキャスターを付け、どんな展示にも柔軟《じゅうなん》に対応できるようにした。天野さんがこだわった仕掛《しか》けの一つだ。7月下旬《げじゅん》には黒部在住の31歳《さい》の男性詩人の作品展を開いた。有名ではないが、地道な活動とユニークな作風に感じ入った。

＊

古書店の経営は最初に思《おも》い描《えが》いていた将来とは違う。でも、本をどう並べるかは「自分を表現することと似ている」とも思う。美大時代にまぶしく見上げた同級生たちのうわさを聞けば、才能を発揮して輝《かがや》いている人もいれば、そうでない人もいる。もし、自分も頑張《がんば》っていたら、と思わなくもない。今思えば、勝負から逃《に》げていた気もする。

経営は自分にとって新しい挑戦《ちょうせん》。今度はきちんと勝負する。ギャラリースペースを用意したことは「作りたい人たちを応援《おうえん》したい」という気持ちからだ。いつか展示するであろう作家たちの姿に、かつての自分を重ねている。

（2018年9月1日掲載《けいさい》）

14

心開いて
話を聞かせて

遺《い》児《じ》のグリーフサポート

「grief」（グリーフ）という英単語を辞書で調べると、「深い悲しみ」や「悲嘆《ひたん》」を意味している。大切な人を失えば、誰《だれ》もが深い悲しみを抱《いだ》き、悲嘆《ひたん》に沈《しず》む。多くの場合、家族は誰かが先に世を去り、残される人がいる。見送る人は何らかの喪失感《そうしつかん》を抱《かか》える。

今、つらい別れを経験した人の心をケアする「グリーフサポート」が根付こうとしている。話に耳を傾《かたむ》けるなどして、遺族が悲しみを受け入れる過程を第三者が手助けする。２０００年代に入り、大規模な事故や災害の遺族を精神的に支えるため、日本でも重要性が認識《にんしき》された。

富山では、高岡市《たかおかし》の高田敏美《たかたとしみ》さん（46）が子どもを主な対象とした団体「グリサポとやま」を立ち上げ、悲しみの声を聞いている。「まだ、よちよち歩き。実績はほとんどないんですけど」と正直に明かす。

高田さん自身も夫を２０１０年に亡《な》くした。夫は高田さんら家族と暮らした家で、自ら命を絶った。

*

一つ年下の夫とは友人の紹介《しょうかい》で出会い、1999年に結婚《けっこん》した。夫はクラシックが好きで、オーディオに凝《こ》っていた。高田さんは「真面目な人で、笑いのつぼも同じ。一緒《いっしょ》にいて楽しかった」と振《ふ》り返《かえ》る。2人の娘《むすめ》を授《さず》かり、マイホームも手に入れた。幸せな日々を送っていた。

夫の様子がおかしいと感じるようになったのは、2010年1月。夫の勤め先が開いたイベントに家族で訪《おとず》れると、暗い表情を浮《う》かべていた。自宅では機嫌《きげん》が悪くなり、子どもにきつく当たることが増えた。体重は7、8キロ近く減り、耳鳴りを訴《うった》えるようになった。「上司と合わない」と言い、自主退職も口にした。

高田さんは「私も働いているから大丈夫《だいじょうぶ》」と応じた。でも、家族を守る責任感からか、夫は仕事を辞《や》めなかった。そして3月に帰らぬ人となった。寝室《しんしつ》で倒《たお》れている姿を最初に発見したのは、当時8歳《さい》と5歳の娘たちだった。遺書はなかった。

葬儀《そうぎ》を終えても、高田さんは涙《なみだ》に暮れる日々を送った。夫を失った悲しみと、助けられなかった自分への怒《いか》りが入り混じった。たんこぶができるまで、壁《かべ》に頭を打ちつけることもあった。娘たちは不安定な母を心配してか、泣くこともなかった。むしろ積極的に家事を手伝い、気遣《きづか》いを見せた。

しかし、子どもも父を失ったことに衝撃《しょうげき》を受けていたようだ。ある日、次女が画用紙に落書きしたのは、亡くなった時を思わせる父の姿だった。突然《とつぜん》「息が苦しい」と訴《うった》えることもあった。高田さんが病院に連れていっても理由は分からなかった。医師には「何かあったらいつでも来てください」と言われたが、何かあってからでは遅《おそ》い。

子どもを守れるのは母である自分だけ。インターネットで娘の心をケアしてくれる場所を探した。見つけたのは、あしなが育英会（東京）が定期的に主催《しゅさい》する「遺児のつどい」だった。アメリカの専門施設《しせつ》の知見を学んだスタッフやボランティアが中心となり、家族を失った子どもの心をサポートしてくれる集まりだった。

夫との死別から8カ月後、高岡の自宅から車で子どもたちと東京の会場へ向かった。会場となった施設にはたくさんの縫いぐるみが並び、子どもたちが自由に駆《か》け回《まわ》れるスペースがあった。全ての環境《かんきょう》が子どもの心のためだけに用意されていた。集まった園児から中学生までの約10人は全員何らかの事情で家族を失っていた。1泊《ぱく》2日のプログラムの中で、姉妹は参加者とともに思い切り遊んだ。そしてボランティアや、ほかの参加者に、父を失った悲しみや生前の思い出を打ち明けた。学校や保育園では、なかなかできないことだった。高田さんも遺児の親と交流し、ひとり親による子育ての難しさを分かち合った。それぞれの悲しみ方が大切にされる場所だった。

帰りの車中でも、長女と次女はイベントで覚えた歌をずっと歌っていた。自分と同じように自死で親を亡くした子どもの存在を知り、心を通わせられたこともうれしかったようだ。娘たちの笑顔《えがお》を見て、気持ちが軽くなった。集《つど》いには、計5回通った。

ただ富山から東京まで通うのは大変だった。あしなが育英会はイベントを地方でも開くことがあった。高田さんは運営スタッフに富山での開催《かいさい》を頼《たの》んだ。11年の開催《かいさい》について、前向きな返答を得ていたが、東日本大震災《だいしんさい》が起きた。東北で多くの命が失われ、現地での心のケアが求められた。富山での開催は立ち消えになった。

＊

平穏《へいおん》な日々を取《と》り戻《もど》し始めた14年。高田さんは、夫と死別した母親が悩《なや》みや不安を語り合うイベントを主催することにした。毎日一緒に過ごす母親が元気じゃないと、子どもにも影響《えいきょう》してしまうと考えた。「ママカフェ」と称《しょう》して、親子一緒に簡単な工作をしながらおしゃべりする時間をつくった。参加は多くなかったが「こういう場所があって良かった」と言ってもらえた。

ただ親が一緒だと、子どもがなかなか言えないこともあると知っていた。夫の死後から何年も経《た》って、次女が打ち明けたことがある。「お父さん、どこかに行けばいいのにと思ったことがある。だから死んだの私のせいかも」。小さな体にずっと罪悪感を抱えていた。

大人のための集まりは全国にあるが、北陸には子ども向けのものはほとんどなかった。高田さんは「安心して気持ちを話せる場所が身近にあれば娘も悩まなかったかもしれない」と振《ふ》り返《かえ》る。

子どもをサポートする組織を主宰《しゆさい》することを思い立った。全国で子どものグリーフサポートを広める防衛医科大学校教授の高橋聡美《たかはしさとみ》さん（50）に相談すると、背中を押《お》してくれた。高橋さんは「日本で子どものグリーフサポートは歴史が浅い。特に地方はまだまだ。高田さんは身をもって必要性を感じていた。それぞれの地域性に合ったものを地元の人がつくるのが一番」と説明する。

15年に高橋さんを招き、子どものグリーフサポートに関する講座を開いた。その場で子どもを見守るためのメンバーを募《つの》った。自死に限らず、家族を亡くした人を支援《しえん》する「グリサポとやま」を立ち上げた。

自身も死別を体験し、同じような境遇《きょうぐう》の人の役に立ちたいと参加するメンバーもいる。立山町の会社員、田村美菜《たむらみな》さん（28）は大学生の頃、父を心筋梗塞《こうそく》で亡くした。当時は学校の友達には相談できなかった。「寂《さび》しいと言ったところで父は生き返らない。母もつらいのに、家で悲しい顔はできない。子どもならなおさら、信頼《しんらい》して心を開ける場所が必要だと思うんです」と言う。

＊

活動が始まって3年。まだ高田さんが遺児を手助けしたことはない。ひとり親への情報発信が足りないのか、富山ならではの土地柄《とちがら》があるのかは分からない。ただ全国では30近くの同様の組織が活動している。富山だけグリーフサポートが不必要という理由はない。「夫が亡くなったとき、自分も一度死んだような思いだった。せっかく生きているなら、同じ思いをする遺族のために何かしたい」と高田さん。

幼かった子どもは中学生と高校生になった。夫を思って泣くのは、特別な思い出に触《ふ》れたときくらい。夫への思いは消えないが、喪失感《そうしつかん》を乗《の》り越《こ》えようとしている。今は悲しむ人に頼ってもらえるよう、メンバーと勉強会を開いている。

（2018年10月1日掲載《けいさい》）

滑《すべ》りたい 伝えたい

ショートトラック再《さい》挑《ちょう》戦《せん》

15

アイススケート競技の中でも、ショートトラックは激しい。楕円形《だえんけい》のコースの1周は111・12メートル。小さなリンクを時速50キロ近いスピードで走る。他の選手とぶつかり合うことがあれば、転倒《てんとう》して壁《かべ》に突《つ》っ込《こ》むこともある。だからヘルメットやすね当ては欠かせない。

五輪などでは、ショートトラックとフィギュアスケートは同じ会場を使う。きらびやかでテレビ中継《ちゆうけい》されることが多いフィギュアスケートに比べれば、ショートトラックは知名度が低く、地味な印象がある。「全く対照的でしょう」。2015年からショートトラックのクラブチーム「イエローテイル」を主宰《しゆさい》する上野理絵《うえのりえ》さん（32）＝富山市＝は笑う。

イエローテイルは英語で魚のブリを意味する。ショートトラックのクラブチームとしては富山で唯一《ゆいいつ》の存在だ。メンバーは5人とまだ少なく、上野さんを除けば、全員ほぼ初心者だ。2年前からクラブに通う富山市大広田《おおひろた》小学校4年の村田暁稔《むらたあきとし》君（10）

は言う。「上野先生は優しく教えてくれるけど、たまに怖《こわ》い。でも、楽しい」

＊

上野さんが生まれ育った群馬県には、スケートリンクが10カ所近くある。多くの五輪選手を輩出《はいしゅつ》し、スケート王国と呼ばれた時代もあった。群馬は全国的に見てもスケートが浸透《しんとう》している県の一つだ。

上野さんは小学1年で初めてスケート靴《ぐつ》を履《は》いた。地元の小さなスケート場を拠点《きょてん》にするクラブチームの体験教室に参加した。最初は立つのもやっとで泣いた。悔《くや》しかったのか、また教室に参加した。コーチから「スケートが好きなんだね」とクラブチームに勧誘《かんゆう》された。氷に乗る感覚はすぐに自然なものになった。やればやるほど速くなるのが楽しかった。

ショートトラックとスピードスケートは似ているように見えるが、異なる競技だ。スピードスケートは基本的に2人で滑《すべ》り、タイムを争う。ショートトラックは4人以上が一斉《いっせい》にスタートし順位を競《きそ》う。スケーティングの技術だけでなく、コースをどこに取るか、いつ先行する選手を追《お》い抜《ぬ》くかというタイミングが重要になる。

上野さんは、その駆《か》け引《ひ》きや試合運びが好きだった。小学6年で出た全国大会では3位になった。中学校に入って大人と同じ大会に出場するようになっても、同年代の選手の中では必ず上位に食《く》い込《こ》んだ。競い合うのは、いつも同じ顔ぶれだった。自信があった。負けたくなかった。

高校進学後も競技を続けた。入った高校は進学校で、勉強とスポーツを両立しなければならなかった。学校から所属するクラブチームが拠点とするリンクまで遠く、授業後に直行しても電車で1時間半かかった。練習量を思うように確保できなくなり、中学時代のライバルに差をつけられていくのが悔しかった。勝負を意識してしまい、ライバルとはスケートで必要なこと以外は話さなくなった。

高校1年の冬に交通事故に遭《あ》い、何カ月も台無しにした。復帰した高校2年の冬には、全日本都道府県対抗《たいこう》ショートトラックスピードスケート競技会で3位になり、全国の表彰台《ひょうしょうだい》に久々に立った。ただジュニアの日本代表に選ばれることはなく、選手としての自分の可能性を見限った。「続けることに価値を感じてなかった。自分の力を信じられなかった」

3年生になってすぐスケートをやめた。母の鈴木栄子《すずきえいこ》さん(56)は、ほっとした。「転ぶのは当たり前。他のスポーツ以上にけがが付いて回る。女の子の体だから、いつもはらはらしてました」

*

大学では建築を学んだ。大学院にも進んだ。小学校校舎のリノベーションにも携《たずさ》わった。ショートトラックの情報は、わざと断っていた。チームメートたちは実業団や大学でスケートを続けていたが、連絡《れんらく》を取らなくなった。彼女《かのじょ》らがバンクーバーやソチ五輪に出場しても、テレビ観戦することはなかった。ニュースを聞いて「すごいなあ」

と感心しながらも「がんばっているところを見たくない」と思った。

大学院生だった24歳の頃にかつての選手仲間の結婚式《けっこんしき》に招待された。それまでも他のチームメートから結婚式の招待状が何度か届いたことはあったが、行く気になれなかった。しかし、建築という柱がある今なら、かつてのスケート仲間たちと会っても引け目を感じない気がした。

緊張《きんちょう》して会場に入ると、拍子《ひょうし》抜《ぬ》けした。高校を卒業して以来、初めて会った友人たちは相変わらずだった。厳しい練習の合間にダイエットについて語り合った時のように、上野さんを会話の輪の中に入れてくれた。ライバル視していた選手も笑顔《えがお》で歓迎《かんげい》してくれた。披露宴《ひろうえん》が進行するうちに「みんなただスケートが好きなだけだったんだ。自分は何にふて腐れていたんだろう」と思った。

自分よりタイムが遅かった後輩《こうはい》が近況《きんきょう》を教えてくれた。全日本の選手に選ばれたという。「続けることに意味があるんだ」と胸に落ちた。

スケートへの気持ちがまた芽生えた。恩返しできることはないかと考えるようになった。当時、ショートトラックの競技人口はスピードスケートと合わせても、全盛《ぜんせい》期《き》の半数近い2千人強に落ち込んでいた。スター選手の影響で人気が高まるフィギュアスケートの半分以下だった。このままでは自分を育ててくれたショートトラックがなくなってしまうという危機感を覚えた。

＊

北陸新幹線が開業した2015年。上野さんは夫の仕事の都合で、勤めていた建築事務所を辞《や》めて東京から富山に移り住んだ。建築の仕事から離れ、時間に余裕ができた。ショートトラックに携わりたいと思いは強まっていた。クラブチームを設立することにした。

富山は雪国だからスケートリンクがあると思ったが、民間の施設が一つあるだけだった。公営施設が数多くあった故郷の群馬に比べれば設備も不十分だ。それでも体験教室を開いて選手を目指す人を集める。毎年1人ずつ。地道だが、着実に増えている。

かつての仲間の協力も得ている。自身が所属していた群馬のチームの合宿に教え子たちと参加し、指導法を教えてもらっている。コーチの石関祐樹《いしぜきゆうき》さん（34）＝高崎市《たかさきし》＝は「僕らは先輩たちからチームを引き継いだけど、彼女はゼロからのスタート。それはすごいですよ。ベースがあっても、トレーニングも技術も進歩している。熱意がないとできない」と言う。

母には驚かれたが、大会にも復帰した。富山県内のスケート関係者からの誘《さそ》いがあり、1月にあった山梨《やまなし》冬季国体に富山代表として出場した。現役《げんえき》の選手がどう滑るのか、どんな道具を使うのか。自分の目で確かめるのも目的の一つだった。指導する小学生から「がんばれ」と書いた手紙をもらった。予選通過はかなわなかったが「最後《さいこう》尾《び》にならなかったのは良かった。ただただきつかった」と振り返る。

仲間には「その年で大会に出ているのは、上野さんか五輪選手くらいじゃないの」と笑われる。若い頃と体型が違《ちが》うから、ワンピースと呼ばれる体にぴったりとしたスーツを着ることにも抵抗《ていこう》がある。スピードも体力もまだ戻《もど》らない。でも滑るのは楽しいし、競技を盛り上げたい。「スケートのためにできることは何でもやる」と決めた。

次の国体は予選通過を目指している。

（2018年11月1日掲載《けいさい》）

16

回り道があってこそ

絵筆を握《にぎ》る強い意志

常に話題の美術展が開催《かいさい》される東京・国立新美術館は、いつもアートファンであふれている。11月下旬《げじゅん》まで開かれていた日本最大級の公募展《こうぼてん》「改組新第5回日展」の会場もにぎわっていた。洋画部門の会場では、大勢の人が壁《かべ》を埋《う》め尽《つ》くす人物画や静物画、風景画の大作に見入った。

ひときわ存在感を放っていたのは藤森兼明《ふじもりかねあき》さん（83）の作品だった。赤いショールと白い服をまとった女性が画面中央に座《すわ》る。背後にはビザンツ様式の宗教画に取材した聖母子像が浮《う》かぶ。現代の息吹《いぶき》と神性のシンボルが同じ画面の中で組み合わさる。絵の具に、大理石や陶器《とうき》の粉を混ぜ合わせて作り出す絵肌《えはだ》は、終わりのない時間の流れを感じさせる。床面《ゆかめん》と壁面《へきめん》の境界が溶《と》け合《あ》うのは、藤森さんならではの表現だ。

30年以上「祈《いの》り」をテーマにしているが「毎回チャレンジ。どれ一つとして同じことをやっているつもりはない。現状維持《いじ》は停滞《ていたい》」と言い切る。過去に藤森さんの回顧《かいこ》展を企画《きかく》した県水墨《すいぼく》美術館学芸課長の若松基《わかまつもとい》さん（53）は「惰性《だせい》で描《えが》いた絵は1点もない。テーマを追求しながら、問題意識を深め、実験を続けている」と評する。

藤森さんは日本芸術院の会員で、日展副理事長を務める。日本の洋画壇《がだん》の重鎮《じゅうちん》として活躍《かつやく》するが、画家人生は決して順風満帆《じゅんぷうまんぱん》ではなかった。強い逆風が吹《ふ》いていた。

＊

砺波市庄川町《となみししょうがわまち》に生まれた。6人きょうだいの3男。幼少時から絵が上手で、近所でも評判だった。小学生の頃《ころ》には絵描《えか》きになると公言していた。友達と遊ぶよりも、描くことが優先。「1日は24時間しかない。20歳《さい》になるまで20年しかない。うまくなるためには何をすればいいか決まっている」

藤森さんの良き理解者はダムの技術者の父親だった。カメラを趣味《しゅみ》にしていた父は休日になると、藤森さんに絵の具や絵筆が入った画箱を持たせて、絵になるポイントを探しては連れて歩いた。「ほら、描《か》いてみろ」と言われると、藤森さんは父が満足するのならと素直《すなお》に従った。「僕《ぼく》も父と静かに過ごす時間が好きだった」

大学進学が人生最初の試練だったかもしれない。高岡《たかおか》工芸高校入学後も一心不乱に描き続けた藤森さんは、東京芸大に進みたかった。しかし、父に反対された。「俺《おれ》は素人《しろうと》だが、絵は好きだ。お前の腕《うで》ならきっと受かるだろう。でも、家族の多いうちでは東京に仕送りできない」と言われた。悔《くや》しかったが、納得《なっとく》するほかない。父の無念さも伝わった。実家から片道2時間も必要な金沢《かなざわ》美術工芸大に進学した。

入学式後、師として仰《あお》ぐことになる教官で画家の高光一也《たかみつかずや》さんに呼び出された。「なんで受かったか分かるか」と問われた。デッサンなどの実技は開校以来の好成績だったが、英語の答案が白紙だった。それが問題になったという。半分しか分からないのに、すがるように答案を埋《う》めるのは惨《みじ》めだと当時の藤森さんは考えていた。実技試験の完成度に感心した学長が「高光さんが責任を持って育てるなら」と特別に入学を認めてくれたのだという。それ以来、藤森さんと高光さんは師弟《してい》関係になった。

3年生で日展に初入選し、画家として順調な一歩を踏《ふ》み出《だ》した。大学には高光さんの助手として残るはずだった。しかし、当時の助手は4年間無給。実家の援助《えんじょ》がなければ生活できない。その進路を認めてくれていた父が57歳《さい》の若さで病死した。藤森さんは「目の前が真っ暗になった」。

失意の底に沈《しず》みながら、師の勧《すす》めで名古屋で就職することになった。絵描《えか》きになるという小さな頃からの目標は遠いものになった。「余裕のない家に生まれたら、こんなところで夢から排除《はいじょ》されるのか」

*

就職したのは、陶器《とうき》などを扱《あつか》う貿易商社だった。アメリカに3年以上滞在《たいざい》して、デザインの市場調査を行うことが就職の前提になっていた。大学入試の答案を白紙で提出する英語力だった。もちろん、英会話などできなかった。準備不足のまま、シカゴに派遣《はけん》された。仕事に追われ、公募展に出すような大作を描く余裕はなかった。

アメリカ生活に慣れ始めると、主要都市の美術館を回った。自分がそれまで描いてきた人物画とは違《ちが》うが、当時のアメリカのモダンアートに触《ふ》れることもできた。ただ、印象に残ったのは古びた宗教画だった。祈《いの》りの対象としての絵画や彫刻《ちょうこく》に触れるうちに、キリスト教の教義を学びたいと思った。カトリック教会で洗礼を受けた。「思うようにならなかった自分の人生に対するふつふつとした思いを救ってやれる気もしたんです」と振《ふ》り返《かえ》る。

5年余り滞在《たいざい》し、28歳で帰国。同じ会社に勤めていた征子《まさこ》さん（76）と結婚《けっこん》した。ただアメリカでの仕事のやり方に慣れてしまった藤森さんは、日本の企業《きぎょう》風土になじめなかった。早々に辞表を書いた。

ちょうどその日は征子さんの誕生日だった。一緒《いっしょ》にすしを食べに行く約束をしていたのに、夫は帰ってこない。やっと帰ってきたと思ったら開口一番「会社を辞《や》めた」。征子さんは「不安はあまり感じませんでした。この人なら、いつかやってくれるだろうって信じていましたから」と笑う。

無収入になり、妻の実家の援助《えんじょ》に頼《たよ》ることもあった。知人の事業を手伝ったが、それもうまくいかず、収入を断《た》たれた。子どもが生まれ、食べるのもやっとという生活になった。絵に集中できる環境《かんきょう》ではなかった。それでも、藤森さんの海外経験やデザインへの目を買ってくれる経営者がいた。画業のための休みや、年に1回の海外取材を認めるという好待遇《こうたいぐう》で雇《やと》ってもらえることになった。

時間も生活の安定も得て、恩師の高光さんに日展への復帰を宣言した。39歳だった。長いブランクを心配されたが、自分の意思を貫《つらぬ》いた。「画家として復帰するにはデッドラインだった」。恩師の影響《えいきょう》がにじむ華《はな》やかで気品のある女性像の大作で、18年ぶりに2度目の入選を果たした。「やっと自分に戻《もど》れた」と思った。

家族を主題とした写実画をしばらく続けたが、80年代から宗教美術の要素を盛《も》り込《こ》むようになった。洗礼を受けて以降、目にする絵画や彫刻《ちょうこく》の中に美しさだけでなく、制作された当時の信仰心《しんこうしん》や人間の営みを見出《みいだ》すようになっていた。試行錯誤《しこうさくご》を経て、有限の命と、永遠の祈りの世界を融合《ゆうごう》した独自の作品世界を築き、画壇《がだん》での地位を確立した。「もし大学に残っていたら、今のような絵は描いてない。これまでの全てが自分自身への道だった」

＊

今も毎年個展を開く。83歳という年齢《ねんれい》を思えば、並大抵《なみたいてい》なことではない。来年も6月に富山大和《とやまだいわ》で開く。「負荷《ふか》をかけないと、自分が駄目《だめ》になる。緩《ゆる》ませない。休ませない。まだまだ完成度を高めたい」

ふるさとへの感謝の思いは日ごとに強くなる。画家になるという夢を応援してくれた父やきょうだいのことも思う。

最近は砺波市や母校の高岡工芸高校での絵画指導を熱心に行う。故郷にある庄川美術館では芸術院会員になって以来、毎年絵の実技講座を開いている。11月に砺波市出《で》町《まち》中学校で行った講演は「自分のために自分の人生をつくれ」と題した。自身の半生を振り返りながら、強い意志を持って自分の目標に進むことの大切さを訴《うった》えた。

「僕なりにハッパを掛《か》けた。若いうちに一発かましておくのがいい。10人に1人は本気にしてくれるかもしれない」。生徒の姿にかつての自分を見出している。

（2018年12月1日掲載《けいさい》）

17

恵《めぐ》みの山で生きる

大長谷《おおながたに》の若いハンター

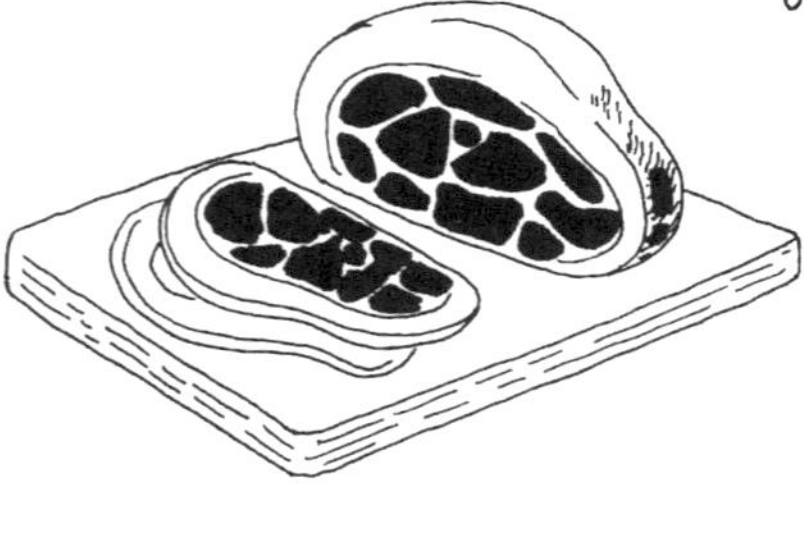

冬は猟師《りょうし》にとって大切な季節だ。11月15日から2月15日まで、日本のほとんどの地域で銃器《じゅうき》による狩猟《しゅりょう》が認められる。

獲物《えもの》を仕留める。鉄砲《てっぽう》に触《さわ》る。捕《と》ったものを食べる。猟師の楽しみは人それぞれだが、石黒木太郎《いしぐろもくたろう》さん（27）は誰《だれ》かに食べてもらうことが一番。「肉を買ってくれた人の反応が全て」と言い切る。

富山市の中心部から車で約1時間の山里、大長谷《おおながたに》地区に暮らす。ジビエ専門の食肉処理施設《しせつ》「大長谷ハンターズジビエ」を運営し、イノシシやシカ、クマなどの肉を販《はん》売《ばい》する。猟師個人が運営するのは県内でも珍《めずら》しい。

扱《あつか》うのは、石黒さんが捕《つか》まえた鳥獣《ちょうじゅう》か、猟の現場に立ち会ったものだけ。付き合いのないハンターから仕入れることはしない。「捕獲《ほかく》の仕方一つで肉の質が変わっちゃうんで」

岐阜県境《ぎふけん》の山深い大長谷周辺は人の手が入らず、広葉樹が茂《しげ》る。イノシシが好むドングリがなる。動物の居場所と施設が近いから、鮮度《せんど》と衛生を保つには好条件。富山市のレストランで石黒さんの処理した肉を用いる田中裕信《たなかひろのぶ》さん（37）は「人間に汚染《おせん》されていない環境《かんきょう》。ここのイノシシの脂《あぶら》は甘《あま》い。血抜《ちぬ》きも内臓処理もしっかりしている」と太鼓判《たいこばん》を押《お》す。

12月のある日は、2匹《ひき》のシカが捕れた。天井《てんじょう》につるして解体していると、地元の年配の猟師が様子を見に来る。

「おー、シカやねかよ。捕らにゃあかんし、売らにゃあかんし。大変やのう。配達ならしてやってもいいぞ」

「そんなことよりクマでも捕ってきて」

地元の年配の猟師を相手に石黒さんは一歩も引かない。「口は悪いけど、いい人も多いんですよ」。石黒さんは、この大長谷で生まれ育った。

＊

両親は県外出身。石黒さんが生まれる前に会社勤めをやめて、大長谷に引《ひ》っ越《こ》した。地縁《ちえん》はなかった。農薬や化学肥料を使用しない自然農を行うためだった。

環境に負荷《ふか》をかけない生活は徹底《てってい》していた。家には電気もガスも通っていなかった。水は近くの沢《さわ》から引いていた。テレビゲームどころか、テレビもない。夜になれば、灯油ランプで本を読んだ。母は弟と妹を自宅で出産し、父親が取り上げた。地元の猟師が時折、家に捕獲《ほかく》したウサギを届けてくれた。全てが自然に寄《よ》り添《そ》った生活だった。

他の4人のきょうだいも含《ふく》め、学校にほぼ通わなかった。親の方針だった。教科書は先生が届けてくれ、自宅で勉強した。代わりに農作業や家の仕事を手伝った。山菜もキノコも採った。「働かざる者食うべからず」がルールだった。中学校の卒業証書は青空の下、庭先で受け取った。「変な家だと思っていました。親の実家に行けば、テレビがある普通《ふつう》の生活なんだし」

石黒さんは、はきはきしている。臆《おく》さず、論理的に自分の意見を言う。「小さい頃《ころ》からきょうだい以外だと大人と遊んでいたからですかね」。石黒さんの家には、いつもさまざまな年代の大人がやって来た。大長谷の暮らしや自然農に興味を持つ人は多かった。大人の複雑な話にも交ざった。初めて買ったCDは「ザ・ブルーハーツ」のものだ。家に来た大人から教えてもらった。石黒さんが生まれる前にデビューし、物心つく前に解散したロックバンドだった。電池で動くラジカセで聴《き》いた。

12歳《さい》から16歳まで1年の大半を北海道で過ごした。自然の中で子どもたちの自主性を引き出すためのキャンプに参加した。まきを割り、たき火で料理するような環境だったが、もともと自然の近くで生きていた石黒さんには何でもないことだった。

大人からは気に入られ、子どもたちからは頼《たよ》られた。居心地《いごこち》が良かった。大規模農家でバイトもした。しっかりとした働きぶりに「子どもには見えない」と驚《おどろ》かれた。自然の中で生きるのが性に合っていると思った。毎日きちんと学校に通う人生もあり得たが、頼るのは自分と自然というたくましさは、親と大長谷のおかげで身に付いたものだった。

富山では、瓦《かわら》店やガソリンスタンドで働いた。大沢野《おおさわの》地域の中心部にアパートを借りたこともあったが、市街地での暮らしは思いのほか、出費が多かった。22歳で大長谷に戻った。実家近くの空き家を借りた。やっぱり自然を身近に感じていたかった。

＊

再び大長谷で生活を始めると驚いた。子どもの時にはいなかったはずのイノシシやシカが田畑を荒《あ》らした。地元のそば祭りの席で猟師から誘われた。「あんにゃも鉄砲《てっぽう》始めてみんか」。面白そうだと思った。子どもの頃、家に猟師が獲物を持ってきてくれたことを思い出した。

狩猟免許《めんきょ》を取得して最初に撃《う》ったのはヤマドリだった。汁物《しるもの》にして食べた。ダシがよく出て、うまかった。大きなイノシシも捕れた。これまでの暮らしの中で鶏《にわとり》を絞《し》めたことくらいはあった。本を読んで、独学で解体方法を覚えた。

一緒に出掛《でか》ける地元の猟師の経験や知恵《ちえ》に感心した。動物たちがどう動くか、熟知している。ナイフの研《と》ぎ方やくくり罠《わな》の仕掛《しか》け方《かた》にも独自のものがある。春に山菜、秋にキノコを採りながら、動物の気配を感じて戦略を考える。大長谷の狩猟を知り尽《つ》くしていた。

率先《そっせん》して動く石黒さんは頑固《がんこ》な年配の猟師たちからかわいがられた。津田大《つだひろむ》さん(63)は石黒さんを子どもの頃から知っており、モクと呼ぶ。「モクは若いのに自立心も旺盛《おうせい》。手伝ってやろうかと言っても、全部自分でやる」と目を細める。

狩猟の腕《うで》が上がると、自家消費では追い付かないほど捕れるようになった。知人の料理人から仕入れたいという要望も寄せられた。野生鳥獣《ちょうじゅう》を販売するには、食品衛生法に基《もと》づいた施設が必要だった。京都で開かれた「狩猟サミット」という猟師や関係者が情報交換《こうかん》するイベントに参加し、個人で営業するジビエ専門の処理施設の存在を知った。思ったよりも、お金がかからないことが分かり、自身での整備を思い立った。もともと郵便局として使われていた建物を借り、必要な備品は中古品を探した。県の補助金も利用した。

確かな食材は営業に一生懸命《いっしょうけんめい》にならなくても引き合いが多い。評判が評判を呼んで、口コミで注文が入ってくるようになった。和洋問わず、地元の料理人が富山ならではの食材に目を向けている近年の状況《じょうきょう》が追い風になった。同じ大長谷でイタリアンを振《ふ》る舞《ま》う村上恵美《むらかみめぐみ》さん（42）も知人の料理人を紹介した。「お互《たが》いにいいものを出し合って、大長谷を盛り上げたいんです」と言う。

＊

大長谷は過疎化《かそか》が進み、住民は約50人。その多くを高齢者《こうれいしゃ》が占《し》めている。人口が細る一方で、イノシシは増える。捕まえれば農業被害《ひがい》を減らせる。でも、自分の取り組みを地域貢献《こうけん》とは思わない。「ここも猟も好きだからやっているだけ」

商店も病院もない。予算などを理由に、行政による公道の草刈《くさか》りも除雪も減っている。生活するには大変な場所だが、狩猟の方法にしても、キノコの生える場所にしてもデータ化されていない知識が大長谷の人にはある。〝先輩《せんぱい》〟たちに教えてもらいたいことはたくさんある。

「人を拒《こば》んでいるようでいて恵《めぐ》みの山。街の暮らしなんて、いつでもできるじゃないですか」

（2019年1月1日掲載《けいさい》）

18

少年の成長を撮《と》る

アンプティサッカーと写真家

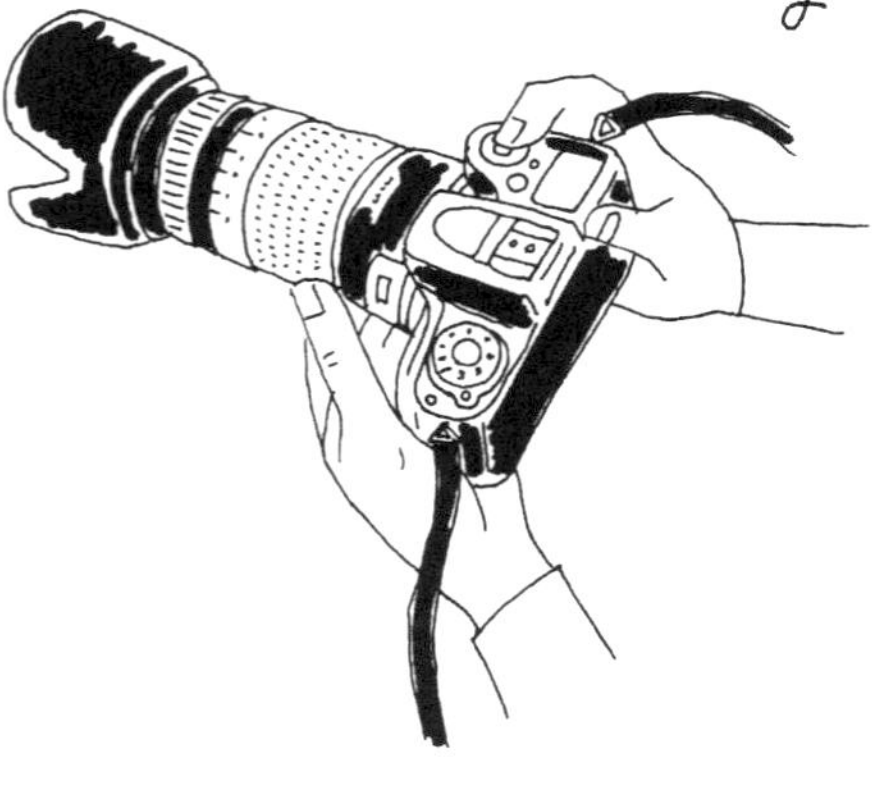

撮影《さつえい》前に背中まで伸《の》びた髪《かみ》を後ろで一つに縛《しば》る。高岡市《たかおかし》出身の写真家、鳥飼祥恵《とりかいさちえ》さん（36）の恒例《こうれい》の儀式《ぎしき》だ。冬晴れの埼玉県《さいたまけん》のグラウンドでも手首に付けていたゴムで髪をまとめた。「大事な場面で気を引き締《し》めるんですよ」

レンズの先には、ボールを蹴《け》る選手がいる。一般的《いっぱんてき》なサッカーと異なるのは、フィールドプレーヤーには片足がなく、ゴールキーパーには片腕《かたうで》がないこと。交通事故や病気で体が不自由になった人たちだ。彼《かれ》らが取り組む競技は、アンプティサッカーと呼ばれ、２０１０年ごろから日本で普及《ふきゅう》し始めた。

選手は体を投げ出すようにボールに突《つ》っ込《こ》み、頭上高く足を振《ふ》り上《あ》げる。杖《つえ》を使って駆《か》け上《あ》がるスピードも速い。鳥飼さんは「単純にスポーツとしてすごい。障害どうこうじゃなく、引きつけられるんです」と魅力《みりょく》を語る。

鳥飼さんは写真家としてスポーツ雑誌や広告などで活動する。仕事とは別のライフワークとして、東京を拠点《きょてん》とするアンプティサッカーのチーム「ＦＣアウボラーダ」

の練習や試合に帯同《たいどう》し、撮影《さつえい》する。きっかけを与《あた》えてくれたのは、メンバーの少年だった。

＊

もともと写真家を目指していたわけではない。旧富山商船高専を卒業後、オーストラリアで日本語教師の資格を取り、長野の学校で教壇《きょうだん》に立った。日本に何かしらの希望を見いだして、異国からやって来た生徒たちとの交流は楽しかった。

ただ、語学学校に通う生徒たちの多くは、生活のため夜の街で働いていた。鳥飼さんは自身の給料が、生徒が苦労して稼《かせ》いだアルバイト代で賄《まかな》われていることに割り切れないものを感じた。勤めて4年で退職届を出した。2008年のリーマンショックのまっただ中だった。

次の仕事の当てはなかった。先の見えない求職活動を続けながら、写真を勉強してみようとふと思った。一眼レフカメラは持っていた。10万円程度の入門機で、趣味《しゅみ》のバイクツーリングのお供に買ったものだった。東京の専門学校のフォトグラファーコースに入った。

説明会では、学校のスタッフに「写真は食えない。他のコースを選んだ方がいい」と言われ、面食らった。「他のコース」は編集やデザインを学ぶものだったが、興味を持てなかった。カメラで食べるつもりもない。とりあえずやってみようと思った。

＊

専門学校では、基本的なカメラの扱《あつか》い方《かた》やスタジオワークを習ったが、どちらかといえばファッション誌を想定したような授業だった。具体的にはまだ分からなかったが、自分の撮《と》りたいものとは違《ちが》う気がした。

新聞の文化面で気になる写真を見つけた。子どもたちが古いトラックの荷台で遊ぶ生き生きとしたモノクロ写真だった。20世紀を代表するフランスの写真家、アンリ・カルティエ・ブレッソンの作品だった。「自分の存在を消して、カメラを意識させない。

こういう写真が撮りたい」と思った。日常や現実を自分ならではの構図で切り取るドキュメンタリー写真を志した。

専門学校の授業だけでは飽《あ》き足《た》らず、スポーツ写真の第一人者として知られる水谷《みずたに》章人《あきと》さんが主宰《しゅさい》する写真塾《じゅく》に入った。アスリートが躍動《やくどう》する一瞬《いっしゅん》を切り取ることは、ドキュメンタリー写真に近いと思った。

塾の課題で毎週スポーツイベントに通う必要があった。その頃には、建設会社に勤めていたが、カメラの仕事も少しずつ舞《ま》い込《こ》むようになっていた。思い切ってフリーランスの写真家に転身した。

塾の課題のため、スポーツイベントに通う中でアンプティサッカーと出合った。知人の紹介《しょうかい》で、2014年に神奈川《かながわ》で開かれたアンプティサッカーの日本選手権を撮影した。初めて見た試合は想像以上に激しかった。これまでレンズを通して見てきたスポーツの中でも迫力《はくりょく》があった。

会場の片隅《かたすみ》で、小さな少年を見つけた。左足がなく、ユニホームを着ているから選手のようだった。大人に交じって、時折つまらなさそうに寝転《ねころ》んだり、遊んだりしている。少年は小学2年生で石井賢君《いしいけん》という。「かわいいな」と思った。「少年がアンプティサッカーを通じて10年、20年と成長する姿を撮りたい」。写真家として大きなテーマになる予感があった。

チームの関係者を通じて母親の督子《よしこ》さん（48）と喫茶店《きっさてん》で会う段取りをするうちに、緊張し始めた。「ものすごく失礼なお願いをしようとしているのかもしれない」。ようやく賢君《けんくん》の障害を意識した。写真の題材にすること自体がいけないことのようにも思えてきた。

断られることも覚悟《かくご》したが、督子さんは思いのほか明るかった。撮影についても「アンプティサッカーの普及《ふきゅう》につながるのなら」と快諾《かいだく》してくれた。賢君が前年に交通事故に遭《あ》い、左足の膝《ひざ》から下を切断したという経緯《けいい》も教えてくれた。「賢は強運の持ち主なんです。良いお医者さんにも、アンプティサッカーにも、チームメートにも恵《めぐ》まれた」と言われた。母の強さに驚《おどろ》いた。

仕事の合間を縫《ぬ》って、賢君に密着した。チームの練習、大会、家族との暮らし、友達との時間、そして事故現場。サッカー以外の場面にもレンズを向けた。笑い顔も、すねる表情も、普通《ふつう》の男の子だった。

賢君を被写体《ひしゃたい》に選んだ翌年、「amputee boy《アンプティボーイ》」と名付けた30枚の組み写真が、若手写真家の登竜門《とうりゅうもん》である「名取洋之助《なとりようのすけ》写真賞」に輝《かがや》いた。「いつか欲しいと思っていた賞が、すぐに取れた。賢の強運が回ってきたみたい」

祝賀会に出席した賢君は抽選《ちゅうせん》でカメラバッグを当てた。そして照れくさそうに「あげる」と鳥飼さんに手渡《てわた》した。

受賞後も、賢君を中心にアンプティサッカーを撮り続け、各地の写真展で発表するようになった。好意的に受け止める声が多かったが「障害者を食い物にして」という批判も耳にするようになった。「自分や作品が批判されるのは仕方ないが、その矛先《ほこさき》が幼い賢に向かったらどうしよう」と怖《こわ》くなった。

どうするべきかと、督子《よしこ》さんに長いメールを送った。返事は明解だった。「なぜ鳥飼さんが息子《むすこ》を撮りたいかはちゃんと分かっている。批判なんて気にせず、堂々と発表したらいい」。救われた気がした。

チームのスタッフにもなった。カメラを構えながら、練習や試合前の雑務を手伝う。チームのみんなが受け入れてくれている。

＊

鳥飼さんの身長は161センチ。気付けば賢君に2センチ追《お》い越《こ》された。賢君は春から中学生になる。顔つきも大人っぽくなってきた。子どもの変化は速い。将来の夢は医師、ユーチューバー、薬剤師《やくざいし》と移ろう。ただアンプティサッカーの日本代表になるという夢は、ずっと同じだ。「昔は鳥飼さんに泣いているところを狙《ねら》われるのが嫌《いや》だったけど、今は気にならないかな」と笑う。

写真展で、鳥飼さんは来場者に「賢ちゃん、大きくなったね」と言われることがある。「一番の褒《ほ》め言葉《ことば》。成長していく男の子がただサッカーをしているだけなんだから」。パソコンに保存した賢君の写真データは既《すで》に数万枚分に及《およ》ぶ。これからもきっと増えていく。

（2019年2月1日掲載《けいさい》）

19

NBAへ夢の続き

プロ選手から指導者に

冬の体育館は寒いが、ボールを弾《はず》ませる子どもたちは気にも留《と》めない。バスケットボール教室を主宰《しゅさい》する呉屋貴教《ごやたかのり》さん（35）＝富山市＝がお手本のシュートを見せると視線が集まる。長い腕《うで》から放たれたボールは、ふわりとリングに吸《す》い込《こ》まれる。

「ゴールをしっかり見て。指先を意識してね」。身長190センチという大きな体格ながら物腰《ものごし》は柔《やわ》らかい。子どもには怒鳴《どな》らない。ちょっとしたプレーにも「いいね」を連発する。「バスケを好きになってもらいたいじゃないですか。萎縮《いしゅく》させたくないんです」

沖縄県《おきなわけん》出身だから、富山の冬には慣れない。「ことしは暖かくていい。去年の大雪は本当にびっくりしました」と笑う。

＊

もともとは野球少年だった。小さな頃《ころ》から恵《めぐ》まれた体格と運動神経を見込まれ、投手を任されていた。しかし、当時の少年野球は厳しい練習が普通《ふつう》。体罰《たいばつ》も当たり前だった。「ミスしたら、お尻《しり》をバットでたたかれるんです」

それが嫌《いや》だった。野球をやめ、バスケットボールを始めたのは小学4年。父は18歳《さい》以下の元日本代表だった。地域にバスケのクラブチームが発足《ほっそく》すると、父の勧《すす》めで入った。体罰はなかった。

高校バスケを題材にし、競技の人気に火を付けた漫画《まんが》「スラムダンク」の連載《れんさい》が始まったのもちょうどこの頃。アメリカのプロバスケットボールリーグであるNBAの選手、マイケル・ジョーダンさんが全盛《ぜんせい》の時代だった。「自分もいつかプロになると思っていました」

中学校は、家から車で30分の距離《きょり》にある強豪校《きょうごうこう》を選んだ。身長はすぐに180センチ台になった。ゴールにボールをたたき込むダンクシュートも決められるようになっていた。バスケ部の顧問《こもん》だった満島恵作《みつしまけいさく》さん(62)=沖縄市=は「バネが違《ちが》った。陸上を本気でやったら、きっとオリンピックに行っていた」と振《ふ》り返《かえ》る。

五輪も目指せるという運動能力で活躍《かつやく》した。中学3年には、全国中学校大会を制した。恩師の指導は厳しかったが、呉屋さんは尊敬した。「バスケット」の言葉をもじって「場の助《すけ》っ人《と》であれ」と教えられた。毎日午前6時半から練習前に学校周辺を清掃《せいそう》した。地域の人が大会の勝敗を気に掛《か》けてくれた。遠征費《えんせいひ》を寄付してくれる人もいた。「誰《だれ》かのために頑張《がんば》ることが、自分に返ってくるんです。大切なことを教えてもらいました」

高校時代は1年からスタメンになり、インターハイに3年連続で出場した。進学した日本大学ではインターカレッジで優勝に貢献《こうけん》。男子U—24日本代表のメンバーに選ばれ、全国的に注目を集める選手になった。

「いつかはジョーダンがいたNBAへ」という野心があった。企業《きぎょう》チームよりも転籍《てんせき》がしやすいプロリーグでの挑戦《ちょうせん》を決めた。大学を卒業した2006年はbjリーグの2季目が開幕する年だった。新しく参入した富山グラウジーズからドラフト1位で指名を受けた。富山は２０００年国体でも訪《おとず》れた思い出がある街だった。「１位指名は当然」という自信もあった。

当時の富山はバスケが根付いていなかった。観客は、相手チームがシュートすればブーイングではなく、拍手《はくしゅ》を送った。応援《おうえん》もおとなしかった。呉屋さんは誕生したばかりのチームで活躍し、自身とバスケのファンを増やしていった。司令塔《しれいとう》であるポイントガードとして力を発揮し、２年連続でオールスターゲームに出場した。

呉屋さんのプレーでバスケのファンになった１人が、自動車販売業《はんばいぎょう》を営む三井直博《みついなおひろ》さん（57）＝富山市＝だった。呉屋さんに車を売った縁《えん》で試合を見に行った。バスケに興味はなかった。「お付き合い」という気持ちだった。しかし、試合が始まると興奮した。グラウジーズにとってはホーム初勝利が懸《か》かった大切な試合で、一進一退の白熱した展開を見せた。第４クオーターの残り数秒。２点を追う場面で、呉屋さんの３点シュートが放物線を描《えが》き、ゴールに入った。スコアボードは74―73の数字を示し、試合終了《しゅうりょう》を告げるブザーが鳴《な》り響《ひび》いた。

「衝撃的《しょうげきてき》だった。こんなドラマチックなことをできるのかと感動した」と三井さん。ホームの試合は毎回見に行った。親しくなった呉屋さんに食事をご馳走《ちそう》すると、車の購入《こうにゅう》に興味のある人を店に連れてきてくれた。「華《はな》やかなプロ選手らしからぬ義理堅《ぎりがた》さが呉屋さんにあるんです」

＊

呉屋さんは富山で2シーズンを過ごし、新たな活躍の場を求め、県外のチームへ移《い》籍《せき》した。何度かNBAにも挑戦《ちょうせん》したが、実を結ばなかった。勝負の世界は浮《う》き沈《しず》みが激しい。大阪《おおさか》のチームでは、同じポジションに外国人選手がいて、先発の機会が減った。試合に出てもボールを、その選手に回すように指示される。監督《かんとく》と衝突《しょうとつ》し、別のチームに移った。けがにも苦しんだ。

15年には所属していた和歌山のチームが経営破綻《はたん》し、現役《げんえき》から一度離《はな》れた。メーカーに就職し、工場で研修を受けていた。そこに古巣の富山グラウジーズから現役復帰の誘《さそ》いがあった。「これまでの選手生活のボーナス。全力でやる」と感謝した。48試合に出場し、239得点。まずまずの成績だったが、先発する機会は多くなかった。16年に島根のチームに移り、チームのBリーグ1部昇格《しょうかく》に貢献《こうけん》した。選手を続けたかった。他のチームからの誘《さそ》いもあった。しかし、妻の実家がある富山に残していた当時3歳の長男に「もっと一緒《いっしょ》にいたい」とせがまれた。次男も生まれたばかりで、妻だけに育児を任せるのが忍《しの》びなかった。11年間の選手人生に幕を下ろした。張《は》り詰《つ》めた生活から解放され、「飲食店でもやろうか」とぼんやり考えた。アメリカで代行運転のサービスを始めようとも思った。でも、何かが違《ちが》った。

悶々《もんもん》としていた頃、知人から富山国際大のバスケ部のコーチの依頼《いらい》を受けた。人に教えることは未経験。苦手意識もあった。それがやってみたら楽しかった。学生は素《す》直《なお》で、シュートやドリブルのこつを少し伝えればどんどん吸収していく。幼い頃から打ち込んでいたバスケが、やはり生きる軸《じく》になると再認識《さいにんしき》した。小学生を中心に子ども向けのバスケ教室を富山につくろうと思い立った。プロ選手としてスタートを切り、選手として復帰させてくれた富山に恩返ししたかった。

富山市と射水市に拠点《きょてん》となる体育館を借りた。教室は、基礎《きそ》や土台を意味する「グラウンドワーク」と名付けた。選手を目指す子どもたちの下地をつくりたいという思いを込めた。17年に数人から始まった教室には今、約130人が参加する。

＊

呉屋さんは2月上旬《じょうじゅん》にアメリカに渡《わた》った。交流のあるNBAのアシスタントコーチに自身の教室で講師を依頼《いらい》するためだった。初めて試合を生で見ることもできた。満席のアリーナの熱気に感激した。選手たちのロッカールームも見せてもらった。ずっと憧《あこが》れていた場所だった。

その一つ一つの場面をiPhoneで撮影《さつえい》した。帰国後、子どもたちに見せた。世界最高峰《さいこうほう》の舞台《ぶたい》を遠いものではないと感じてほしかった。目を輝《かがや》かせて画面を見てくれた。「頑張ったら、みんなもここに行けるよ」と声を掛けた。

第2の人生の夢は、NBA選手を育てることだ。自分が立てなかった舞台に子どもたちを送り出したい。

（2019年3月1日掲載《けいさい》）

20

音楽も寺もどちらも

ピアノの先生は僧侶《そうりょ》

昨年、福井《ふくい》の僧侶《そうりょ》が僧衣《そうい》を着て運転していたところ、福井県警に交通反則切符《きっぷ》を切られた。けさをまとって車に乗れなければ、檀家《だんか》回りができない。全国の僧侶が反発した。「#僧衣でできるもん」のハッシュタグ（簡単に検索《けんさく》できる目印）を付け、自由に動けることをアピールする動画をツイッターに投稿した。黒い装束《しょうぞく》に身を包み、大道芸やスケボーを披露《ひろう》する僧侶の動画は、海外のニュースでも取り上げられた。結局、取《と》り締《し》まりは無効になった。僧侶たちのユーモアが世の中を動かした。

音楽でこの波に加わったのが、浄土《じょうど》真宗の専念寺《せんねんじ》で副住職を務める畠山美佳子《はたけやまみかこ》さん（51）＝黒部市《くろべし》＝だった。僧衣をまとって、草履《ぞうり》を履《は》いてベートーベンのピアノ協奏曲「皇帝《こうてい》」を、自宅のグランドピアノで奏《かな》でる動画を公開した。豪快《ごうかい》で躍動《やくどう》感に満ちた演奏は、装束の裾《すそ》の長さや袖丈《そでたけ》を意識させなかった。畠山さんの動画も拡散した。東京のテレビ局からは取材を申《もう》し込《こ》まれた。

「お坊《ぼう》さんの日常にたくさんの人が興味を持ってくれたのはうれしいこと。それぞれのちょっとした個性に光が当たった」と笑顔《えがお》を浮《う》かべる。
畠山さんはピアノの先生と、僧侶の二つの顔を持つ。

*

物心ついたころには、鍵盤《けんばん》楽器がそばにあった。生家の寺の一角では、楽器店が主《しゅ》宰《さい》する音楽教室が開かれていた。教室の時間でなければ、ピアノや電子オルガンで自由に1人遊びができた。小学校2年から本格的にピアノを習い始め、金沢《かなざわ》の教室に通った。畠山さんの母、督子《ただこ》さん（79）は「ちょっと時間があれば、いつもピアノを触《さわ》っていた。『練習しなさい』なんて言ったことはない。育てる側から見れば楽な子でした」と振《ふ》り返《かえ》る。
練習するから、難しい曲も弾《ひ》けるようになる。弾けるようになるから、ピアノが面白くなる。毎日4時間でも、5時間でも弾いた。「好きなことを一生懸命《いっしょうけんめい》やっていたら、将来も何とかなるはず」とぼんやり信じていた。

高校は東京の音楽学校に進んだ。東京芸大で指導し、数多くのピアニストを輩出《はいしゅつ》した遠縁《とおえん》の故中山靖子《なかやまやすこ》さんに師事した。中山さんの自宅に住《す》み込《こ》み、他の若者たちとともにレッスンを受けた。子どもがいなかった中山さんは、自分の娘《むすめ》のように畠山さんをかわいがった。畠山さんのためだけに、防音の部屋まで用意してくれた。

恵《めぐ》まれた環境《かんきょう》で、高弟《こうてい》たちと切磋琢磨《せっさたくま》するはずが、音楽家になる道は早々に諦《あきら》めた。中山さんの生徒たちは、その後名だたる音楽大で教授や学部長を務めることになる才能の持ち主ばかりだった。「太刀打《たちう》ちできない。追い付けない」と思った。

それでも音楽からは離《はな》れられない。一浪《ろう》して入ったのが、ピアノの演奏を専門的に学ぶ大学の器楽科ではなく、音楽を学問的に研究する楽理科だった。宗教音楽の歴史や世界各地の民俗《みんぞく》音楽を学んだ。好奇心旺盛《こうきしんおうせい》な性格には合っていた。音楽の勉強は楽しかった。

充実《じゅうじつ》した学生生活の一方で、実家の寺が気になっていた。妹はいるが、男兄弟はいなかった。両親から寺を継《つ》ぐように言われたことはない。しかし、800年近い歴史のある寺を自分の代で終わらせるわけにはいかない。長女として、歴史をつないでいくことに責任を感じていた。大学と並行《へいこう》して専門学校に通い、僧侶の資格を取った。大学院の修士課程を修了《しゅうりょう》後、地元に帰った。小さな頃から触《ふ》れている音楽には関わりたかった。短大で音楽理論を教え、寺でもピアノ教室を開いた。

見合いで結婚《けっこん》した。相手は石川県の寺の二男だった。夫は婿養子《むこようし》に入り、しばらく南砺市《なんとし》の寺に僧侶として勤めた。当初は賃貸《ちんたい》マンションに住み、普通《ふつう》の共働きの夫婦《ふうふ》と変わらない生活を送った。2人目の子どもが生まれたことを機に、実家に引《ひ》っ越《こ》した。

＊

実家で暮らし始めると、夫婦《ふうふ》の関係性が少し変わった。畠山さんがピアノ教室で生徒に教える姿を、夫は自然と目にするようになった。実家の寺に入ってくれた夫からすると、音楽の仕事に励《はげ》む畠山さんは寺の仕事をおろそかにしているように映った。実際、寺を坊守《ぼうもり》として切り盛りしていたのは母で、檀家《だんか》回りをするのは父と夫だった。「浄土真宗《じょうどしんしゅう》への情熱が足りない」「どっちかにできないのか」。夫にたびたび言われ、答えに窮《きゅう》した。素朴《そぼく》で一本気だった夫には、音楽にも情熱を傾《かたむ》けたい畠山さんの気持ちは理解してもらえなかった。41歳《さい》で離婚《りこん》した。夫は寺を離れた。住職である父は70代に差《さ》し掛《か》かっていた。「若」が去った寺の未来を案じる門徒たちには「私がやりますから」と頭を下げた。

自分のルーツとつながりのある福井や新潟《にいがた》、東京の寺を巡《めぐ》った。墓の前で思いをはせたのは先祖のことだった。長い寺の歴史をひもとけば、存続の危機に立ったこともあった。「それぞれの時代の中で、与《あた》えられた役割をやり遂《と》げた人がいる」と思った。

＊

初めての檀家回りは緊張《きんちょう》した。専念寺ではこれまで、女性が僧侶として外に出ることはなかった。裏方として寺の行事を支えたことはあっても、一人一人の門徒と向かい合う機会は多くなかった。

仏壇《ぶつだん》のどこにマッチがあるかも分からない。線香《せんこう》をつける動作もたどたどしい。会話もぎこちなかった。門徒たちは、それでも温かく迎《むか》えてくれた。お年寄りの人生一代記を聞くのも楽しかった。健康や家族についての悩《なや》みも打ち明けられた。信頼《しんらい》してもらえる分、責任の重さを感じた。富山に戻《もど》ってしばらくたつのに、見えていないことがたくさんあると思い知った。僧侶のやりがいを感じた。

仏教書を読みあさり、超宗派《ちょうしゅうは》の勉強会にも出掛《でか》けた。浄土真宗の祖である親鸞《しんらん》が、無私の精神で先人の教えに向かい合っていることに感嘆《かんたん》した。「クラシックの演奏家が楽譜《がくふ》を解釈《かいしゃく》し、作曲家の思いを大切にする姿勢に通じるものがある。音楽家も宗教家も表現者というより、求道者なんです」

土日には法事がある。葬儀《そうぎ》にはいつ呼ばれるか分からない。音楽に傾《かたむ》いていた生活は、日程をやり繰《く》りして寺の仕事を優先することになった。幸い、所属する音楽団体の仲間や教室の受講生は理解してくれた。

ピアノ教室には幼児から70代までの受講生が通う。楽しみのために弾く人もいれば、コンクールを目指す人もいる。共通して教えるのは「自分を無にして。『私が、私が』じゃない演奏を心懸《こころが》けて」ということだ。仏教を通じて深めた考えだった。

葬式や法事の合間にピアノ関係の仕事をはしごすることもある。同じ団体で仕事をする石政圭子《いしまさけいこ》さん（52）＝滑川市＝は「急にお葬式が入ったと、けさを着て練習にいらっしゃる。その姿がチャーミングなんですよね。ピアノ教室も人が相手。お寺の仕事も同じ。両方を大切にする姿勢が伝わってくる」と話す。

年を重ねた父に代わって、寺の仕事はほとんど引き継いだ。音楽の仕事もあるから、休みらしい休みもない。でも、日々は充実《じゅうじつ》していると感じる。「お寺もピアノも両方100パーセント。フィフティーフィフティーじゃだめなんです。そうじゃないと門徒さんにも生徒さんにも失礼だから」

かつて元夫に聞かれた「どっちかにできないのか」という問いには、今なら胸を張って答えられる。「どっちもやる」と。

(2019年4月1日掲載《けいさい》)

こころの懸《か》け橋

虹《にじ》のアルバム

1 味と魂《たましい》 生き残った

6—14頁《ページ》

住吉《すみよし》さんと親交のあった料理人たちは今も集まって、その料理と人柄《ひとがら》をしのんでいる。鍋《なべ》や包丁《ほうちょう》といった愛用の道具も受《う》け継《つ》がれている

（遺族提供）

2 待っている人がいる

16—25頁《ページ》

松井《まつい》さんは今、太極拳《たいきょくけん》を楽しみながら日々を過ごす。詩は時代を超《こ》えて愛され、現代詩のアンソロジーなどでも紹介《しょうかい》されている

（2017年9月撮影）

3 バレエで生きていく

26—34頁《ページ》

昂之介《こうのすけ》さんはオランダで研さんを積《つ》んでいる。身長も伸びて、自炊《じすい》もできるようになったという。母のともさんは教室の指導で忙《いそが》しい

（2017年10月撮影）

（2017年11月撮影）

4 街と若者をつなぐ

36—44頁《ページ》

伊藤《いとう》さんは東京で就職《しゅうしょく》する。シェアハウスの運営は後輩《こうはい》たちが引き継《つ》いでくれる。これからも富山と東京を行き来して関わるつもりだ

（2017年12月撮影）

5 夢あるサクラマス

46—54頁《ページ》

滑川《なめりかわ》高校の海洋科は大学と共同研究を進めている。超音波《ちょうおんぱ》を使って、サクラマスの成長を促進《そくしん》させようとしている

（2018年1月撮影）

6 世界と向かい合う

56—64頁《ページ》

石崎《いしざき》さんは宮崎《みやざき》で勤めた後、インドに渡航《とこう》した。起業にチャレンジしたが、一度ふるさとに戻《もど》った。新しい人生の目標を模索中《もさくちゅう》

7

時を超《こ》え愛される文字

66―74頁《ページ》

2019年4月30日にツイッターで発表した「これで『平成』の放送を終了します」と書いた手書きテロップも好評を得た

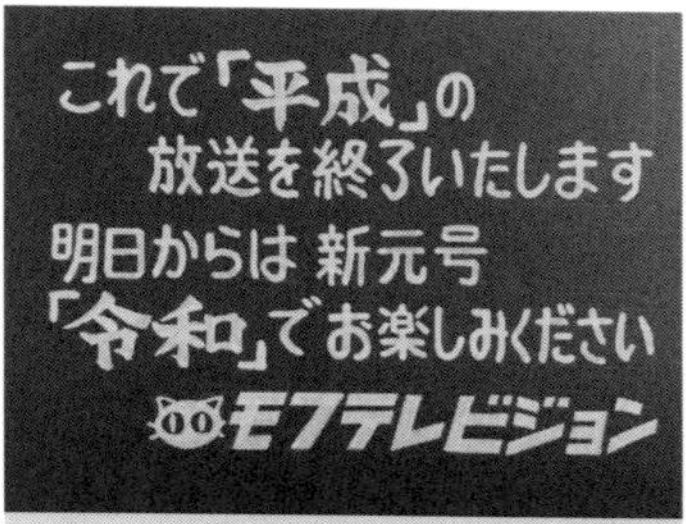

（小田美由紀さん提供）

8

2人で目指す42・195キロ

76―84頁《ページ》

2人はフルマラソン完走を目指してトレーニングを続ける。ブラインドマラソンを普及《ふきゅう》させようと「ブラインド伴走会《ばんそうかい》富山《とやま》」も設立した

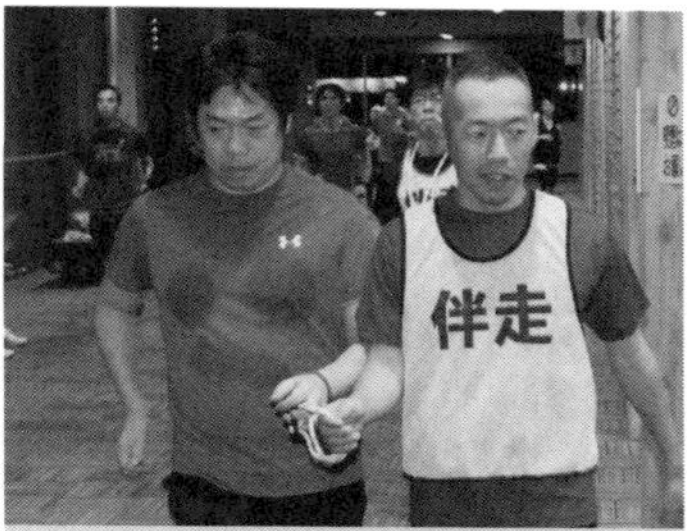

（2018年3月撮影）

9

「夢の箱」を目指して

86―94頁《ページ》

藤田《ふじた》さんは最近、コンペで入選することが多くなった。宮城のホテルの壁面装飾《へきめんそうしょく》も手掛《てが》けた。作家として着実に歩みを進める

（2018年4月撮影）

10 生きづらさ包《つつ》み込《こ》む　96―104頁《ページ》

「ひとのま」に訪れる人はさまざま。不登校の子どもも、失業して行き場のない人もいる。宮田《みやた》さんはそれぞれの話にじっくり耳を傾《かたむ》ける

（2018年5月撮影）

11 悩《なや》みを抱《かか》え込《こ》まない　106―114頁《ページ》

集いに参加する人の認知症《にんちしょう》はゆっくりと進んでいく。集いで、参加者をサポートする人を「支援者《しえんしゃ》」ではなく「仲間」と呼んでいる

（2018年6月撮影）

12 消えないジャズの灯火《ともしび》　116―124頁《ページ》

晴美《はるみ》さんが店を守り続ける。カウンターには吉明《よしあき》さんが愛用した杖《つえ》やたばこが置いてある。恒例《こうれい》となった渡辺貞夫《わたなべさだお》さんのライブも盛況《せいきょう》だ

（2018年7月撮影）

13 新しい風《かぜ》吹《ふ》かせる古書店

126—134頁《ページ》

ギャラリースペースでは次々と企画《きかく》展《てん》を計画。天野《あまの》さんは富山市の中心市街地で開く「BOOKDAY《ブックデイ》とやま」でも活躍する

（2018年8月撮影）

14 心開いて 話を聞かせて

136—144頁《ページ》

毎月開く集いに大切な家族を失った人が訪れ、悲しみを打ち明ける。大人の参加者が中心だが、子どもにも対応できるよう準備している

（2018年9月撮影）

15 滑《すべ》りたい 伝えたい

146—154頁《ページ》

最近、東京で活躍していた選手が指導者として加わった。富山でショートトラックの裾野《すその》を広げようと、上野《うえの》さんは頑張っている

（2018年10月撮影）

16 回り道があってこそ

156―164頁《ページ》

(2018年11月撮影)

藤森《ふじもり》さんは個展を開くなど、精力的に画業に打《う》ち込《こ》む。ふるさとでの絵画指導にも熱心だ。「自分にいつも負荷を掛《か》けないと」と意気込《いきご》む

17 恵《めぐ》みの山で生きる

166―174頁《ページ》

(2018年12月撮影)

自ら捕獲《ほかく》、処理、販売《はんばい》を手掛《てが》け、「とやまジビエ」のブランド化に貢献《こうけん》したとして、石黒《いしぐろ》さんは農村振興《しんこう》局長賞を受けた

18 少年の成長を撮《と》る

176―184頁《ページ》

(2019年1月撮影)

鳥飼《とりかい》さんは仕事の幅《はば》を広げ、フォトエッセーや絵本の出版企画《しゅっぱんきかく》を進めている。賢君《けんくん》は思春期まっただ中。少しずつ大人になっている

19 NBAへ夢の続き

186—194頁《ページ》

呉屋《ごや》さんは幼児向けの体力づくりの教室にも力を入れている。「自分に自信を持ってもらい、人間的な成長につなげたい」と力を込める

(2019年2月撮影)

20 音楽も寺もどちらも

196—204頁《ページ》

畠山《はたけやま》さんは僧侶《そうりょ》として門徒に、ピアノ講師として受講生に寄《よ》り添《そ》う。二つの道で学んだことが響《ひび》き合うという

(2019年3月撮影)

あとがき

20回の新聞掲載《けいさい》分ごとに新書版にまとめている「虹《にじ》」の6巻目を刊行しました。

亡《な》くなってもなお慕《した》われる料理人、幻《まぼろし》の詩集の復刊にかける情熱、バレエに人生を捧《ささ》げる親子、サクラマスの研究に情熱を傾《かたむ》ける高校教諭《きょうゆ》、居場所を失った人たちが集《つど》うコミュニティハウス、寂れた商店街に新しい風を吹《ふ》き込《こ》む古書店……。悲しいニュースも目立つ社会の中で、温かな輝《かがや》きを放つヒューマンストーリーをつづっています。ほとんどの登場人物は富山ゆかりの方々です。

「虹」は2009年5月から、毎月1日付の北日本新聞の1ページを使って書いているシリーズです。紙面協賛していただいている大谷製鉄《おおたにせいてつ》株式会社（射水市《いみずし》）の「朝、新聞を広げた時に温かな気持ちになれる紙面があったらいい」という提案で始まった企画《きかく》です。内容についての細かな注文は一切いただいておらず、記者が自由に書いています。同社の寛大《かんだい》さに感謝しています。

今回収載したのは、2017年9月分から19年4月分までの全20話です。

快く取材に応じていただいた皆《みな》さまにこの場を借りてお礼を申し上げます。北日本新聞社制作部の田尻秀幸《たじりひでゆき》が全て取材・執筆《しっぴつ》しました。文中に登場していただいた方の肩書《かたが》きや年齢《ねんれい》は、掲載時のままとしております。これまでの5巻同様、県内の小学校から大学、公立図書館に贈呈《ぞうてい》させていただきました。今回から装丁《そうてい》をリニューアルしました。1人でも多くの方に手に取っていただき、新しい「虹」を感じてもらえることを願っています。

北日本新聞社営業局長　沢井一哉《さわいかずや》

「虹」は、2009年５月から毎月1日付の北日本新聞朝刊で
連載しています。新書版第6集となる本書には、
2017年9月から2019年4月までの20回分を収載しています。
発行にあたり、本文を一部、加筆修正しました。

虹《にじ》 6

2019年9月12日発行

取材･執筆　田尻秀幸（北日本新聞社メディアビジネス室制作部）
協　　力　大谷製鉄株式会社
発 行 者　駒沢信雄
発 行 所　北日本新聞社
〒930-0094　富山市安住町２番14号
電 話　076（445）3352（出版部）
FAX　076（445）3591
振替口座　00780－6－450

編集制作　（株）北日本新聞開発センター
装丁･挿絵　山口久美子（アイアンオー）
印 刷 所　（株）シナノパブリッシングプレス

ISBN 978-4-86175-111-0